Elizabeths Reise

wird begleitet von:

MIX
Papier aus verantwortungsvollen Quellen
FSC® C104723

5 4 3 2 1 26 25 24 23 22
ISBN 978-3-649 64161-2

Hafenweg 30, 48155 Münster, Germany

Konzept: Coppenrath Verlag
Illustrationen: © 2022 Marjolein Bastin
Labyrinth auf S.19: shutterstock.com
Adelstitel auf S. 119: Bild „House of Lords 1808“: picture-alliance / Heritage Art/ Heritage Images | J. Bluck
Textsatz und grafische Gestaltung: Stefanie Bartsch
Text: Judith Pfeiffer-Ley
Redaktion: Christina Bloem und Anna Louisa Duckwitz

www.coppenrath.de

Marjolein Bastin

Flucht zu Mr Darcy

COPPENRATH

Geneigte Leserschaft,

das Escape-Room-Buch, das Sie in den Händen halten, mag sich von denen, die Sie bisher kennenlernen durften, unterscheiden. Die Geschichte unserer Hauptperson Elizabeth Bennet spielt sich nicht innerhalb von vier Wänden ab, denen es zu entkommen gilt. Vielmehr ist es die Aufgabe der jungen Dame, sich den festzementierten Meinungen der Gesellschaft zu widersetzen und ihren Erwartungen zu entfliehen. Wird es ihr trotz eines skandalösen Vorfalls gelingen, das Herz des noblen und vermögenden Gentlemans Mr Darcy zurückzuerobern, oder treibt sie diese delikate Angelegenheit in den Ruin? Finden Sie es heraus und folgen Sie uns in das England des beginnenden 19. Jahrhunderts, wo unsere Geschichte in einer Postkutsche irgendwo im Nirgendwo einsetzt …

Anleitung

Bevor Sie Miss Bennet nun auf ihrem Weg begleiten, erlauben Sie uns, Ihnen noch ein paar Hinweise mit an die Hand zu geben. Gefragt ist nicht nur Spürsinn, sondern auch gesellschaftliches Fingerspitzengefühl.
Lesen Sie jeden Text genau durch und betrachten Sie jede Seite eingehend, womöglich wird es sich zu einem späteren Zeitpunkt noch einmal als nützlich erweisen. Es ist zweifellos hilfreich, sich an einigen Stellen rückzubesinnen und sich bereits Gesehenes wieder ins Gedächtnis zu rufen.
Gleichwohl bleibt es Ihnen leider verwehrt, in die Zukunft zu blicken und sich die nachfolgenden Seiten vorab anzusehen. Sollten Seiten im Anhang von Bedeutung für ein Rätsel sein, finden Sie einen entsprechenden Hinweis beim Rätsel selbst („Rätselzubehör XY“). Außerdem finden Sie im Anhang Ihre persönlichen Rätselunterlagen zum Notieren von Gedanken, Hinweisen und Lösungen. **Halten Sie zusätzlich Stift, Schere und Klebeband bereit.** Und weil — wie wir alle wissen — vieles Wichtige aus der Zeitung zu erfahren ist, finden Sie dort hinten beim genaueren Hinsehen wertvolle Hinweise, sollte einmal Hilfe vonnöten sein: Achten Sie auf die passenden Chiffren. Für den größten Notfall befinden sich am Ende des Buches des Rätsels Lösungen. Begeben Sie sich nun mit Elizabeth auf die Reise und helfen Sie ihr, alle Intrigen aufzudecken, die Herausforderungen zu meistern und Mr Darcys Herz zurückzugewinnen.

Taubnessel: Ich mag nichts hören.

1. Rätsel

Die Postkutsche

Unsanft wird Elizabeth gegen die Sitznachbarin zu ihrer Linken gedrückt. Benommen öffnet sie ihre Augen. Schafe und Bäume im Abendrot ziehen an ihren Augen vorüber. Wo ist sie? Wo ist ihre Freundin Charlotte, mit der sie doch eben noch fröhlich auf dem Ball tanzte? Was ist bloß geschehen?
Die Dame, die ihr in der schaukelnden Kutsche gegenübersitzt, scheint noch nicht bemerkt zu haben, dass Elizabeth nun wach ist. Noch völlig durcheinander versucht diese, ihre Gedanken zu ordnen, und schnappt dabei auf, wie ihr Gegenüber ihrer Sitznachbarin zuraunt: „... auch scheint es sie nicht zu kümmern, dass ihr so reizender und stattlicher Begleiter schon bei der letzten Station ausgestiegen ist.

So etwas habe ich ja noch nie erlebt." Ihre Sitznachbarin erwidert halb flüsternd: „Du hast recht, er war über die Maßen reizend und zuvorkommend. Doch findest du es nicht auch merkwürdig und befremdlich, dass er ohne sie die Kutsche verließ? Eine allein reisende Dame in einer Postkutsche! Was für ein Skandal! Davon muss ich bei unserer Ankunft umgehend Mrs Nosy berichten, sie wird Augen ma..." Als sie bemerken, dass Elizabeth wach ist, verstummen sie augenblicklich und wenden sich dann unverfänglicheren Themen zu.

„Es ist wirklich außerordentlich reizend von deinem Schwager, uns ebenfalls einzuladen", sagt Elizabeths Gegenüber. Elizabeths kürzlich zugestiegene Sitznachbarin pflichtet ihr bei. Die dritte Passagierin erwidert: „Ich bitte euch, das ist für ihn eine Selbstverständlichkeit! Als ich ihm schrieb, wie lange wir zu bleiben gedenken, erwiderte er, warum wir nicht die vollen 10 Wochen bleiben wollten. Ihr werdet sehen, es ist wirklich traumhaft dort, unweit der Grenze, sodass wir gewiss auch einige Tage an einem der Lochs verbringen können. Als ich das letzte Mal dort zu Besuch war, machte ich unterwegs beim Gasthof ‚*Hamstead Inn*' Station. Die Speisen dort sind himmlisch, vor allem die Spezialität des Hauses, der Schinken. Den müsst ihr probieren!" Elizabeths Sitznachbarin sagt: „Ich kann es kaum erwarten." Die dritte Passagierin entgegnet: „Und ich bin überglücklich, dass du es einrichten konntest, uns auf diese Reise zu begleiten, meine Liebe. Seit du in den Norden gezogen bist, sehen wir uns eindeutig zu selten." Elizabeths Sitznachbarin schmunzelt: „Dass du es als Norden bezeichnest, erheitert mich jedes Mal." „Nun ja, es ist nördlich von uns...", rechtfertigt sich ihr Gegenüber verlegen. „Aber dennoch im Süden!", amüsiert sich Elizabeths Sitznachbarin.

Elizabeth schwirrt immer noch der Kopf. Nachdenklich sieht sie nach draußen. In der Ferne erblickt sie in der Dämmerung die Flügel einer Windmühle, eine kleine Kirche, einen dunklen Wald.... Zweifelsohne eine wunderschöne Gegend. Wenn sie doch nur wüsste, wie sie in diese Postkutsche gelangt war und wohin sie auf dem Weg ist. Ihre Mitreisenden zu fragen, wagt sie nach deren abschätzigen Worten nicht. Ob sie selbst herausfinden kann, welches Ziel die Postkutsche hat?

gelbe Nelke: Enttäuschung & Ablehnung
BRITANNIA
ANCIENT B
Roman Mil
British Mile
GERMANICUS OCEANUS
NORTH SEA OR
BRIGANTES
OTADENI
GADENI
Gretna Green
Eboracum York
Mancunium Manchester
Carlisle
Berwick
Pennines
Jena Æstuarium Wigtown Bay
Ituna Æstuarium Solway Frith
Morecambe Æstuarium Morecambe Bay
Belisama Æst. Mersey R.
Setantiorum Æst. Ribble R.
Seteia Æst. Dee R.
Dunum Æstuarium River Tees
Vedra Fl. Tyne R.
Cataractonium Catterick
Corbridge
Newcastle
Doncaster
Warrington
Lancaster

Pemberley
Longbourn
Netherfield
Meryton
Rosings
Hunsford
The Rose & Crown
The Lamb Inn
The Peacock
Branodunum
Brancaster
Durolipons
Cambridge
Colonia
Colchester
Londinium
London
Vagniaca
Durobrivæ
Rochester
Verolamium
S. Albans
Magiovinium
Dunstable
Durocobrivæ
Fenny Stratford
Ratæ
Leicester
Venonæ
Claycester
Tripontium
Rugby
Lactodorum
Towcester
Daventry
Præsidium
Warwick
Avona Fl.
Avon R.
Manduessedum
Mancester
Etocetum
Wall
Pennocrucium
Penkridge
Uxacona
Sheriff Hales
Viroconium
Wroxeter
Rutunium
Wem
Mediolanum
Branogenium
Ludlow
Magna
Kenchester
Ariconium
Ross
Blestium
Monmouth
Gobannium
Abergavenny
Bullæum
Uske
Isca
Caerleon
Venta Silurum
Caerwent
Glevum
Glocester
Corinium vel Durocornovium
Cirencester
Abone
Aunsbury
Trajectus
Keynsham
Aquæ Solis
Bath
Verlucio
Leckham
Cunetio
Marlborough
Spinæ
Speen
Calleva
Silchester
Pontes
Old Windsor
Sulloniacæ
Brockley Hill
Vindobis
Farnham
Venta Belgarum
Winchester
Clausentum
Southampton
Regnum
Chichester
Anderida
Eastbourne
Portus Novus
Rye Harbour
Portus Lemanis
Hythe
Dubræ
Dover
Durovernum
Canterbury
Durolevum
Milton
Madus
Maidstone
Noviomagus
Canonium
Camalodunum
Maldon
Othona
Ithancester
Cæsaromagus
Chelmsford
Villa Faustini
Dunmow
Iciani
Chesterford
Combretonium
Stretford
Sitomagus
Camboricum
Icklingham
Venta Icenorum vel Sitomagus
Caister
Durobrivæ
Caster
Causennæ
Ancaster
Margidunum
Bridgeford
Crococolana
Brough
Southwell
Metaris Æstuarium
The Wash
Jamissa Æstuarium
Thames
Toliapis I.
Sheppey
Eretum Oceani
Strait of Dover
Sorbiodunum
Old Sarum
Brige
Brough
Vindocladia
Winbornminster
Ischalis
Ilchester
Isca Dumnoniorum
Chiselbourgh
Leucarum
Glastonbury
Bomium
Axbridge
Nidus
Portbury
Sabrina Fl.
Severn R.
Isca Fl.
Usk R.
Seteia Fl.
R. Dee
Maglona
Machynlleth
C E N I M A G N I
T R I N O B A N T E S
C A T I E U C H L A N I
A T R E B A T I I
B E L G Æ
R E G N I
C A N T I I
D U R O T R I G E S
D O B U N I
S I L U R E S
O R D O V I C E S
C O R N A V I I
S I M E N

2. Rätsel

Das Gartenlabyrinth

Gretna Green! Wie ein Blitz trifft sie die Erkenntnis, dass sie sich in der Postkutsche dorthin befinden muss. Der Pilgerort für alle Heiratswilligen! Der Ort, an dem sich auch Minderjährige ohne die Zustimmung ihrer Eltern trauen lassen können. Nicht auszudenken, was passiert, wenn ihre Familie davon erführe, ganz zu schweigen von den Klatschbasen der Nachbarschaft und vor allem von Mr Darcy! Elizabeth erschaudert bei dem Gedanken. Ja, sie hat ihn lange für arrogant, stolz und hochnäsig gehalten, doch seit seinem Heiratsantrag bei ihrem Besuch in Hunsford und seit seinem Brief haben sich die Dinge für sie geändert. Gleichgültig ist er ihr gewiss nicht mehr ... Hätte sie sich doch nur getraut, ihn beim Ball anzusprechen, doch sie war zu verwirrt angesichts der jüngsten Entwicklungen und wusste nicht, wie sie sich ihm gegenüber verhalten sollte. Und jetzt das! Sie in einer Kutsche nach Gretna Green mit einem unbekannten Mann. Sollte Mr Darcy dieses skandalöse Ereignis zu Ohren kommen, würde er sicherlich jedweden Umgang mit ihr meiden und jegliches Interesse verlieren. Elizabeth wird es schwer ums Herz.

„Gott sei Dank, dass wir nun endlich diese fürchterliche Kutsche verlassen können! Für die Weiterfahrt morgen werde ich ein luftigeres Gewand wählen. Lasst uns sogleich zu meinem Bruder aufbrechen. Er wohnt nahe der London Bridge", vernimmt Elizabeth von ihrem Gegenüber. Erleichtert verlässt sie zusammen mit ihren Mitreisenden die Postkutsche. Sie beschließt, zunächst Zuflucht bei ihrem Onkel und ihrer Tante, Mr und Mrs Gardiner, die in London wohnen, zu suchen. Wieder und wieder versucht sie sich auf dem Weg dorthin zu erinnern, wie sie in die Postkutsche gelangte. Ohne Erfolg. Ob sie wohl ohnmächtig war? Müde erreicht sie schließlich das Grundstück ihres Onkels. Hinter dem labyrinthartigen Garten erkennt sie in der Dunkelheit schemenhaft das Haus.

Auch das noch! Anscheinend haben ihre Tante und ihr Onkel zu dieser späten Uhrzeit keinen Besuch mehr erwartet und alle Laternen im Garten löschen lassen. Mit Mühe kann sie den direkt vor ihren Füßen liegenden Weg im schwachen Mondschein erkennen. ***Den Grundriss hat sie im Kopf, aber mögliche Hindernisse würde sie in dieser Dunkelheit nicht sehen.*** Sie erinnert sich, dass ihre Tante in ihrem letzten Brief berichtete, dass ein Maulwurf gleich am Eingang des Kreises sein Unwesen und den Gärtner zur Verzweiflung treibe. Mit ihren hohen, eleganten Ballschuhen ist dieser Weg für sie sicherlich unpassierbar, möchte sie sich nicht noch zusätzlich den Knöchel brechen. Den direkten Weg kann sie also nicht wählen. Seufzend macht sie sich auf den Weg in nördliche Richtung. Doch was ist das? Plötzlich spürt sie, wie Wasser in ihre leichten Schuhe eindringt und mit jedem Schritt immer tiefer wird. Die heftigen Regenfälle der letzten Tage müssen riesige Pfützen hinterlassen haben.

Unverrichteter Dinge kehrt sie um. Bevor sie sich erneut auf den Weg macht, versucht sie sich zu erinnern, was ihre Tante des Weiteren schrieb. Elizabeth meint sich zu entsinnen, dass ihre Tante erwähnte, der östliche Zugang zum großen Brunnen in der Mitte des Gartens sei zurzeit durch die Instandhaltungsmaßnahmen am Brunnen nicht nutzbar. Zudem sei der eine südöstliche Durchgang unweit des Hauses unglücklicherweise ganz zugewuchert und die Hecke müsse dringend gestutzt werden. Ob sie heute wohl noch ankommt?

Efeu: Zuverlässigkeit und Treue, Unsterblichkeit

Veilchen: Ehrlichkeit, Bescheidenheit, Anstand, Paradies, Frühling und Hoffnung

3. Rätsel

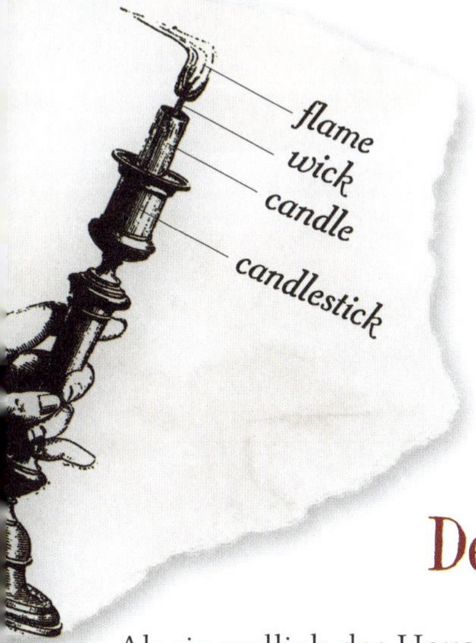

Der Brief von Charlotte

Als sie endlich das Haus der Gardiners erreicht und eintritt, trifft sie auf ihre verwunderten Verwandten. „Lizzy! Was tust du denn hier zu so später Stunde? Wir haben dich doch eigentlich erst morgen erwartet. Wir dachten, du wolltest auf dem Rückweg von deiner Freundin Charlotte hier bei uns in London Station machen?! Ist etwas vorgefallen, weshalb du deinen Aufenthalt bei der Familie Collins verkürzt hast?" Aufgewühlt berichtet Elizabeth von den Ereignissen des Abends. „Was soll ich nun tun? Meine Familie wird außer sich sein, wenn sie davon erfährt. Gewiss wird sich eine solche Nachricht wie ein Lauffeuer verbreiten. Jeder wird denken, ich sei mit diesem Mann heimlich auf und davon. Meine arme Mutter und ihre armen Nerven ..." „Liebes, du bleibst vorerst bei uns", bietet Mrs Gardiner ihr an. Elizabeth nimmt das Angebot dankend an.
Während sie gemeinsam versuchen, die Geschehnisse zu verstehen, findet Elizabeth einen Zettel von ihrer Freundin Charlotte in ihrer Tasche. Sie liest ihn laut vor: „Liebe Lizzy, hier sind die Tanzschritte für später. Damit du weißt, wie und ***wohin*** du dich zu bewegen hast und nicht aus der Reihe tanzt. Deine Charlotte". „Seltsam", sagt Elizabeth. „Aus welchem Grund sollte mir Charlotte eine solche Anleitung mit an die Hand geben, weiß sie doch, dass ich die Schritte sämtlicher Tänze in- und auswendig kenne?! Und das soll der Country Dance sein ...?" Sie betrachtet den Zettel genau.

gelbe Tulpe: einseitige Liebe
Kornblume: Ich gebe die Hoffnung nicht auf
Rätselzubehör
The Country Dance

Rosa Tulpen: zarte, beginnende Liebe

4. Rätsel

Enzian: Treue, aber auch überwältigende Schönheit

Das Fundstück

Gespannt macht sich Elizabeth auf den Weg zu Charlottes vorgeschlagenem Treffpunkt, der St. Paul's Cathedral. Was es mit ihrer ominösen Nachricht wohl auf sich hat? Als sie pünktlich zum Glockenschlag um 14 Uhr um die Ecke biegt, eilt ihr eine erleichtert aussehende Charlotte entgegen. „Lizzy! Zum Glück! Was ist bloß geschehen? Wo bist du gewesen? Ich bin so froh, dich wohlauf zu sehen. Als du so plötzlich vom Ball verschwunden warst, befürchtete ich das Schlimmste." Elizabeth entgegnet: „Charlotte, wie schön, dich zu sehen! Was geschah, kann ich dir leider auch nicht erklären, verstehe ich es doch selbst noch nicht. Ich erinnere mich, dass ich mich nach einigen Tänzen ins Freie begab, um frische Luft zu schnappen und mich mit einem Getränk zu erfrischen." „Ja, das vermutete ich auch", sagt Charlotte. „Deshalb bin ich dir dorthin gefolgt, doch es fehlte jede Spur von dir. Ich habe mich daraufhin umgehört und habe dann erfahren, du seist mit einem jungen Mann von der Terrasse verschwunden. Es hieß sogar, er habe vertraulich den Arm um dich gelegt und ihr hättet eng umschlungen den Ball verlassen. Man munkelte, euer Ziel sei die Postkutsche nach Gretna Green. So wollte es zumindest Lady Hearsay von deinem Begleiter gehört haben, der ihr von dir vorschwärmte. Lizzy, was hat das alles zu bedeuten? Das ist doch nicht wahr, oder? Es stand heute sogar etwas dazu in der Zeitung! Aber das kann ich mir einfach nicht vorstellen." „Grundgütiger!", erwidert Elizabeth. „Nichts davon ist wahr. Außer, dass ich tatsächlich in einer Postkutsche nach Gretna Green erwachte. Wie ich dort hineinkam, entzieht sich meiner Kenntnis."

Elizabeth schwirrt der Kopf. Ihre schlimmsten Befürchtungen haben sich bestätigt. Angestrengt versucht sie, sich zu erinnern. Als Letztes will ihr nur das Gesicht eines Dieners einfallen, der ihr persönlich ein Getränk überreichte. Eine Spezialität des Hauses, wie er sagte. Etwas ganz Exquisites. Wie war gleich der Name? Laudatini? Doch an einen jungen Mann kann sie sich nicht erinnern.

Als sie den mitfühlenden Blick ihrer Freundin sieht, fällt ihr deren mysteriöse Nachricht wieder ein. „Aus welchem Grund wolltest du dich eigentlich mit mir treffen?", fragt Elizabeth. Ihre Freundin antwortet: „Ich fand dieses merkwürdige Papier beim Ball, auf das ich mir keinen Reim machen konnte. Ich hoffte, dich allein und vertraulich sprechen zu können. Deshalb steckte ich dir beim Ball meine Nachricht zu, als du gerade im Gespräch warst. Ich wusste ja, dass du sonntags früh morgens zu deinem Onkel nach London abreisen wolltest und ich aufgrund eines lang geplanten Besuchs bei unserer Nachbarin Lady Catherine de Bourgh keine Gelegenheit haben würde, in Ruhe mit dir zu sprechen. Da ich heute ohnehin in London weilte, hielt ich es für eine gute Möglichkeit, meinen merkwürdigen Fund zu besprechen."

Gemeinsam beugen sich die beiden Freundinnen über das Stück Papier, das offensichtlich zusammengeknüllt und achtlos weggeworfen wurde. Was die Zahlen darauf wohl zu bedeuten haben? „Wenn doch nur mein Mann, Mr Collins, hier wäre! Er kennt sich aufs Vortrefflichste mit Zahlen aus. ***1A,*** wie er zu sagen pflegt. Nur einer seiner Vorzüge, wie er bescheiden meint." Wieder beugen sich die beiden über das Papier, sind sie doch überzeugt, dass es sie ein Stück weit näher an des Rätsels Lösung bringen kann.

...on Bulmer.
...chen, Preis 21. ...
...NG DES KÖNIGREI...
...achtungen während einer M...
...ATRICK.
... Murray, Albemarle Street.

... von Bensley in 5. Büchern. Royal 4to. Mit 93 ex...
...reis 16l 16s, gebunden.
...ALISCHE ERINNERUNGEN, ausgewählt und gekürzt aus
...Serie bekannter Briefe, geschrieben während eines 17-jährigen
...ts in Indien, beinhaltet auch Beobachtungen aus Teilen von
...und Südamerika sowie Erzählungen der Vorkommnisse vierer In-
...eisen. Illustriert durch Stiche von Originalzeichnungen. Von JAMES
...BES, F. R. S. &c.
...druckt für John Murray, Albemarle Street.

In 3 Büchern, 12mo, Preis 1l 1s.
EMMA: Ein Roman – von der Autorin von „Stolz und Vorurteil".
Gedruckt für John Murray, Albemarle Street.

...reis 9, Buch I
...IN SYSTEM der MENSCHLICHEN ANATOMIE. Von JOHN
...GORDON, M.D. F.R.S.E., Hochschuldozent für Anatomie und
...irurgie und für die Institutionen der Medizin; Mitglied des Royal Col-
... der Chirurgen von Edinburgh; und einer der Chirurgen des Royal
...mary &c. Gedruckt für T. Cadell und W. Davies; Longman, Hurst,
... Orme und Brown, London; sowie W. Blackwood und J. Anderson
... Edinburgh, die ebenfalls kürzlich veröffentlicht haben: VOR-
...o. E zu ENTZÜNDUNGEN. Zeigen einen Blick auf die allgemei-
...en, pathologische und praktische Chirurgie. Von John Thomson,
...S.E. In einer großen Ausgabe, 8 Bücher. Preis 14s. gebunden.

...CHTSPRÄSENTE – FINNS WUNDERSAME GLAS-
...FAKTURAUSSTELLUNG bleibt für die Öffentlichkeit
...kleinen Appartements im Erdgeschoss, Stand Nr. 161, wo die
... sehr von der Betrachtung seiner Kunst begeistert sein wer-
...neu, unterhaltsam und beachtenswert. – Eintritt: 1 Schilling
...ritt für Käufer.

... Gese...
... wie für s...
3. Dass die rech...
man für die Bürgerversam...
Viertels ebenso ihren ...
4. Dass die Bürger...
vergangenen Dienste als eine...
Weise der Streitschlichtung aus ...
spricht. Unterschrieben im Auftrag d...
TMOS. ANSTED, Sekretär der Bürger...
ABSCHLUSS DER WAHL:
Paynter . . . . 107 Mercer 39
West . . . . 102 Chapman . . . .
Davies . . . . 101 Walker
Letts 201
Auf dieser Grundlage ernannte der Ältestenrat die ersten sechs ...
ordnungsgemäß als gewählt.

AN ELTERN und VORMÜNDER – Eltern und Vormünder, die an der jährlichen schulischen Bildung für ihre Töchter oder Mündel interessiert sind, werden höflich darauf hingewiesen, dass ZWEI ...ungen DAMEN eine STELLUNG angeboten wird, um ihnen eine systematische und fundierte Ausbildung in einem Seminar höchsten Grades in Stadtnähe zu bieten. Sie umfasst die englische und französische Sprache, Recht-schreibung und Arithmetik, Geografie und den Umgang mit dem Globus, Geschichte, Musik, Tanz und Zeichnen, unterrichtet von hochangesehenen Lehrern; ebenso einfache wie kunstvolle Arbeiten, Stickerei, und Wäsche-rei, für 50 Guineen im Jahr. Adressierte und frankierte Briefe an A. Z. Nr. 12, Barlett's Buildings, Holborn, werden gern entgegengenommen.

14 15 9 3 18 17 14 17 16 15
25 12 16 9 12 25
23 17 3 18 1 18 4

…hronicle.

EIN EXZELLENTES WEIHNACHTSPRÄSENT. DER REISEFÜHRER zu **MADEIRA** und den **WESTINDISCHEN INSELN**, einst angekündigt und nun vollendet. Es empfiehlt sich vor allem jenen, die zu Neujahr oder zum Weihnachtsfest Präsente machen möchten, da es neugierige junge Menschen beider Geschlechter anspricht, die mehr über die Phänomene und Schönheiten des Atlantischen Ozeans zu erfahren wünschen. Die Bildtafeln dieses spannenden Werkes enthalten mehr als hundert eingravierte Darstellungen von vor Ort angefertigten Originalzeichnungen. Erhältlich bei Sherwood, Neely and Jones, Paternoster Row, Cowie and Co. Poultry, Darton and Co. Gracechurch Street, Simpkin and Marshall, Stationers' Court, London und T. Baker, Southampton.

COLEMAN-STREET BÜRGERVERSAMMLUNG IN einer BÜRGERVERSAMMLUNG, abgehalten in der Gemeindekirche St. Stephen in der Coleman-Street am 21. Dezember 1815 und vertagt auf den 22. Dezember 1815, wurden die folgenden Beschlüsse einstimmig verabschiedet:

Dass die Bürgerversammlung William Heygate, Esq. Alderman, nicht für sein kompetentes und unvoreingenommenes Verhalten im gegen… Kontext, sondern auch für die pflichtbewusste Ausführung seines … Magistrat und seine uneingeschränkte Aufmerksamkeit für die … Viertels ihren Dank ausspricht.

… Versammlung Francis Paynter, Esq. Deputy, für die … Wahrnehmung seiner ihm erteilten Pflichten so… Dienste für das Viertel ihren Dank ausspricht.

… den Herren West, Davies und Chap… ihrer Pflichten als Ratsherren des …

… Mr. Charles Walker für seine … und für die wunderbare … Anlass ihren Dank aus… …mlung.

…ne Weise, von …geons in London, …Zahns zu dienen, …d zu knoten, an den …mlichkeiten zu ver…uktion können die Zähne …it Leichtigkeit eingesetzt …unvernünftigen Praktiken litten, …en. Um die Wahrhaftigkeit des …gen Bezahlung erprobt werden. …Marchomon Street Nr. 9, Russel,

BÜCHER

…ßen Karte

Lavendel: Treue

5. Rätsel

Der Bibliothekar

Nachdem Charlotte und Elizabeth das Rätsel des geheimnisvollen Zettels gelöst haben, verabschieden sich die beiden Freundinnen herzlich voneinander. Charlotte fährt nach ihren Besorgungen in London mit ihrer Bediensteten zurück nach Hunsford, um ihren Ehemann nicht zu lang warten zu lassen, Elizabeth macht sich auf den Weg zurück zu ihrer Tante und ihrem Onkel. Als sie den beiden von ihrer merkwürdigen Entdeckung berichtet, erklärt sich ihr Onkel bereit, sie am nächsten Tag dorthin zu begleiten.
Gemeinsam betreten Elizabeth und Mr Gardiner die große Halle der altehrwürdigen British Museum Library. Doch was nun? Vielleicht kann ihnen der mürrisch dreinblickende Bibliothekar weiterhelfen. Ihr Onkel spricht mit ihm, während Elizabeth ihren Blick über die zahllosen Bände schweifen lässt. Warum hat sich jemand die Mühe gemacht, den Namen dieser Bibliothek in solch einer Weise zu verschleiern? Was mag sich dort verbergen? Als Mr Gardiner nach einer ganzen Weile zurückkommt, wirkt er zerknirscht. „Elizabeth, es tut mir leid. Sehr hilfsbereit war dieser alte Kauz leider nicht. Er murmelte etwas von wegen ‚wenn die feinen Herrschaften sich unbedingt detektivisch betätigen möchten' und gab mir diesen Zettel. Mein Geschäft ruft. Wir sehen uns heute Abend." Mit diesen Worten verabschiedet er sich und lässt eine verwirrte Elizabeth zurück. Es erscheint ihr **verrückt.** Dass der Bibliothekar ihr derart Steine in den Weg legt, obwohl er sie gar nicht kennt ...?! Angesichts seiner griesgrämigen Miene wagt sie es allerdings nicht, ihn erneut anzusprechen. Stattdessen schaut sie sich den Zettel genauer an. Was mag das nun wieder bedeuten?

Mwtbg Cpygkuwpi bwt
ycjtgp hgkpgp Ngdgpuctv

Hortensien: Hochachtung, Stolz, Bewunderung, aber Vorsicht, kann auch Eitelkeit bedeuten

6. Rätsel

Das Siegel

Das muss die Lösung sein! Nach einem kurzen Blick in das Schlagwortregister eilt Elizabeth zu den Gängen mit den deutschsprachigen Werken. Und tatsächlich, dort steht es: „Kurze Anweisung zur wahren feinen Lebensart nebst den nötigsten Regeln der Etikette und des Wohlverhaltens in Gesellschaften für Jünglinge, die mit Glück in die Welt treten wollen". Aufgeregt nimmt Elizabeth das Buch aus dem Regal, schlägt es bei einer mit einem Lesezeichen versehenen Seite auf und liest, auf ihre rudimentären Deutschkenntnisse zurückgreifend: „Viele Menschen scheinen artig zu sein; bei einer näheren Prüfung aber findet man, dass sie es nicht sind ..." Bei genauerem Hinsehen stellt sie fest, dass es sich nicht um ein Lesezeichen, sondern um einen Briefumschlag handelt, der vorne in das Buch hineingelegt wurde. Gespannt begutachtet sie ihn näher. Adressat und Absender fehlen, auf der Rückseite des Briefumschlags befindet sich lediglich ein Siegel. Als sie ihn öffnet, entdeckt sie ein dickes Bündel Geldscheine.
Ist es denkbar, dass diese beachtliche Summe in Zusammenhang steht mit ihrem mysteriösen Verschwinden an jenem Abend? Und wenn ja, wer könnte diese niederträchtige Tat initiiert haben? Aufmerksam schaut Elizabeth sich den Umschlag genau an. Hat sie dieses Emblem nicht kürzlich irgendwo schon einmal gesehen?

Wildrose: Liebe,
Zärtlichkeit, Romantik

Glockenblume: Dankbarkeit
Unsere Herzen schlagen im selben Takt
Löwenmäulchen: Vertrauen und Bewahren von Geheimnissen

Fingerhut: Ich habe bereits schlechte Erfahrungen gemacht.

7. Rätsel

Mr Collins

Natürlich! Triumphierend hält Elizabeth den Umschlag in die Höhe und zieht damit die Blicke der anderen Bibliotheksbesucher auf sich. Rosings, es ist das Siegel von Rosings! Sie sah es erst vor ein paar Tagen beim Ball! Und davor – wie oft hat Charlottes Mann, Mr Collins, sie zu einem Besuch bei seiner Nachbarin, der Hausherrin von Rosings, genötigt, bei dem sie dann, das Ende herbeisehnend, immer wieder zur Standuhr blickte, die das gleiche Emblem ziert. Natürlich! Gewiss die herablassendste und überheblichste Person, die ihr jemals in ihrem

Leben begegnet ist, diese Lady Catherine de Bourgh! Nur ihrem Neffen, Mr Darcy, scheint sie besonders zugetan. Sie spricht von ihm immer in den höchsten Tönen, und auch als er bei einem der Essen zu Besuch war, verhielt sie sich ihm gegenüber äußerst wohlwollend. Es ist wohl nicht weiter verwunderlich, munkelt man doch, dass sie sich die Vermählung ihres Neffen mit ihrer Tochter wünscht, überlegt Elizabeth. Ist es möglich, dass Lady Catherine hinter diesem Komplott steckt? War sie es, die geplant hat, Elizabeth in Verruf zu bringen, damit Mr Darcy das Interesse an ihr verliert und die Verbindung mit ihrer Tochter doch noch zustande kommt? Welch ungeheuerlicher Verdacht! „Viele Menschen scheinen artig zu sein; bei einer näheren Prüfung aber findet man, dass sie es nicht sind ..." Elizabeth lacht trocken auf. Offenbar erträgt Lady Catherine es nicht, wenn man sich ihren Wünschen widersetzt. Dennoch unfassbar, zu welch niederträchtigen Mitteln sich diese angeblich so feine Dame hinreißen lässt ... Jemandem Geld zu bieten, um sie in einen Skandal zu verwickeln. Womöglich fand auch der Ball einzig und allein zu diesem Zweck statt? Doch wen konnte sie für ihr schändliches Unterfangen gewinnen? Angestrengt denkt Elizabeth nach. Sie beschließt, noch einmal ihre Freundin Charlotte zu dieser Sache zu befragen. Schließlich war sie nicht nur beim Ball zugegen, sondern dürfte Lady Catherine aufgrund ihrer Nachbarschaft und der häufigen Besuche auch deutlich besser kennen und einschätzen können.
In Begleitung ihrer Tante reist Elizabeth am nächsten Tag zurück nach Hunsford zur Familie Collins. Auf der Suche nach Charlotte läuft sie Mr Collins in die Arme, der sie mit gewichtiger Miene begrüßt.
„Werte Cousine! Ich darf meine aufrichtige Freude zum Ausdruck bringen, Sie so bald schon wieder in meinem Heim begrüßen zu dürfen. Auch wenn die jüngsten Ereignisse auch meinem Ruf sicherlich nicht gerade zum Vorteil gereichen, möchte ich Sie wissen lassen, dass ich es als meine Pflicht als Ihr Vetter ansehe, Sie trotz der widrigen Umstände in meinem Haus aufzunehmen, wenngleich mein geistliches Amt mir auferlegt, Ihnen noch ein paar Worte des Tadels auszusprechen. Wie ich von meiner hoch geschätzten Gönnerin Lady Catherine de Bourgh erfahren musste, die sich auch moralisch verpflichtet sah, die übrige Gesellschaft im Umkreis davon in Kenntnis zu setzen, sind Sie, verehrte Cousine, vom Ball der besagten Gönnerin

mit einem unbekannten Herrn verschwunden. Es heißt darüber hinaus, dass Ihr Ziel Gretna Green gewesen sein soll. Ich muss schon sagen, dass ich von der Familie Bennet eine solch frevelhafte Tat nicht erwartet hätte." Elizabeth muss nach diesen Worten erst ihre Beherrschung wiederfinden. Dann erwidert sie: „Wenn jemand eine frevelhafte Tat begangen hat, dann wohl Ihre so hoch verehrte Lady Catherine." „Ich fürchte, ich kann Ihren Gedanken nicht folgen, werte Cousine. Lady Catherine ist eine durch und durch ehrwürdige Person nobelsten Charakters, die nicht nur mit größter Weisheit gesegnet ist, sondern sich auch durch große Freundlichkeit auszeichnet. Ich darf mich über die Maßen glücklich schätzen, dass sie solch große Stücke auf mich hält. Gerade letztens wandte sie sich mit einer Sache größter Wichtigkeit und Dringlichkeit an mich, wie sie sagte. Sie hatte mich unter vielen möglichen Personen ausgewählt, als Überbringer einer Botschaft von überaus großer Importanz zu fungieren, indes waren mir die genaueren Hintergründe und Beweggründe nicht bekannt. Doch wenn mich meine Gönnerin mit einer Sache von solch großer Bedeutung betraut, ist es mir nicht möglich, ihrem Wunsch nicht zu entsprechen." In Elizabeths Kopf arbeitet es, während Mr Collins von Neuem eine Lobeshymne auf Lady Catherine anstimmt, derer Elizabeth längst überdrüssig ist. Ist es möglich, dass ihr Cousin ohne sein Wissen und aufgrund seiner Loyalität zu dieser abscheulichen Person involviert war in dieses Komplott? Während Elizabeth so angestrengt und fieberhaft nachdenkt, schnappt sie zwischendurch nur noch einzelne Wortfetzen auf „... Der Name der zu kontaktierenden Person ist mir entfallen ... Irgendetwas mit Docht? ... Etwas vom Schwein? ... Nun denn. Es ist gewiss nicht von Belang, ist die Aufgabe doch schon ausgeführt. Ich darf mich empfehlen, werte Cousine. Lady Catherine erwartet mich."

Verärgert bleibt Elizabeth zurück. Natürlich — mit allem nimmt Mr Collins es ganz genau, nur an den entscheidenden Namen kann er sich nicht erinnern! Vielleicht kann sie den Namen selbst herausfinden. Etwas vom Schwein, etwas vom Schwein ... Ringelschwanz? ... Schweinsohren? ... Schweinshaxe? Sagte nicht letztens jemand etwas in diese Richtung? Elizabeth versucht, sich rückzubesinnen. Offensichtlich besteht der Name aus zwei Teilen, sonst hätte Mr Collins doch nicht zwei — noch dazu so verschiedene — Dinge genannt ...

Rosa Nelke:
Ermunterung
„Ich vergesse dich nie"
Rote Nelke:
tiefe Zuneigung,
Faszination,
Liebe
Roter Mohn:
Fruchtbarkeit, Schlaf,
Vergessen
Laudanum

Orchidee: Bewunderung über die Schönheit des Beschenkten
außerdem: Sehnsucht & Leidenschaft

8. Rätsel

Gänseblümchen: Treue, Vertrauen
Reinheit, Bescheidenheit

Die Gesellschaft bei den Bingleys

Wick-ham - Mr Wickham! Elizabeth kann es nicht glauben. Mr Collins' ach so feine Gönnerin Lady Catherine hat also tatsächlich jemandem Geld geboten, damit er sie in Verruf bringt. Und zwar keinem Geringeren als dem Offizier Mr Wickham. Also hatte Mr Darcy recht mit allem, was er ihr in seinem Brief über seinen ehemaligen Jugendfreund schrieb. Nicht nur, dass Mr Wickham, nachdem er alles ihm rechtmäßig zustehende Geld zum Fenster hinausgeworfen hatte, ungerechtfertigter Weise erneute Forderungen an Mr Darcy stellte und dann die Entführung Mr Darcys jüngerer Schwester, Georgiana Darcy, plante, um sich ihr Geld zu erschleichen und sich an Mr Darcy zu rächen. Jetzt hatte er auch noch eingewilligt, sie, Elizabeth, gegen Bezahlung in einen Skandal zu verwickeln. Welch niederträchtiger Mensch! Und ihr Cousin, Mr Collins? Dieser Wichtigtuer war wohl der

Überbringer des Zettels, den Charlotte beim Ball fand und der Mr Wickham den Weg weisen sollte zum Versteck seiner Bezahlung. Sieh an, sieh an! Also war sich die so noble Lady Catherine seines Rufes durchaus bewusst und wollte ihren Plan lieber erst in die Tat umgesetzt sehen, bevor sie ihm das Geld überließ. Beim Gedanken an Lady Catherine steigt ihr erneut die Zornesröte ins Gesicht.

Wütend erzählt sie all ihre Erkenntnisse ihrer Freundin Charlotte und ihrer Tante. Am liebsten möchte sie hinüberstürmen und Lady Catherine zur Rede stellen. Charlotte, die auch eine Konfrontation mit ihrem Mann und ihrer Respekt einflößenden Nachbarin vermeiden möchte, versucht, sie zu beschwichtigen und schlägt ihr vor, stattdessen zu versuchen, ihren guten Ruf wiederherzustellen. „Liebe Lizzy, ich verstehe deinen inneren Aufruhr. Aber was sollte eine Konfrontation mit Lady Catherine nutzen? Das Kind ist in den Brunnen gefallen, nur du kannst es wieder herausholen. Meinst du nicht, es wäre zuträglicher, etwas zu tun, um die Gunst der Gesellschaft zurückzugewinnen?" Elizabeths Tante pflichtet ihr bei: „Sie hat recht, Liebes. Was geschehen ist, ist geschehen." Sie berichtet von einer bevorstehenden Soiree auf Netherfield, zu der Mr Bingley zahlreiche Gäste mit Rang und Namen eingeladen hat. Sie verspricht, sich um eine Einladung für Elizabeth zu bemühen. Deren Miene hellt sich wieder auf. Der liebe Mr Bingley! So ein gutherziger Gentleman — gut möglich, dass er sie trotz der jüngsten Geschehnisse zu seiner Soiree kommen lässt.

Als Elizabeth wenige Tage später zusammen mit ihrer Mutter Netherfield betritt, treffen sie teils neugierige, teils unverhohlen abschätzige Blicke. Elizabeth schluckt und beschließt, sich zunächst beim Gastgeber für die Einladung zu bedanken. Während sie mit Mr Bingley spricht, fällt ihr Blick auf Mr Darcys Cousin, Colonel Fitzwilliam. Mr Bingley muss den Cousin seines Freundes ebenfalls eingeladen haben. Auch der Earl und die Countess sowie der Duke und die Duchess geben sich die Ehre. Gleichwohl erblickt sie auf der anderen Seite des Raums auch Mr Bingleys Schwestern Caroline Bingley und Mrs Hurst, die sie mit herablassendem Blick mustern und dann die Köpfe zusammenstecken. Elizabeth scheint, als gebe es auf dem Weg wieder nach oben etliche Fallstricke zu umgehen. Selbst wenn Miss Bingley und Mrs Hurst von guter gesellschaftlicher Stellung sind, gilt es sicherlich, sie an diesem Abend zu meiden.

Allem Anschein nach werden die beiden nicht im Sinn haben, sie in einem guten Licht dastehen zu lassen, sondern eher, sie in eine unangenehme Situation zu bringen. Gleichzeitig hofft sie inständig, dass sich ihre Mutter zu benehmen weiß und nicht erneut durch unangebrachtes Verhalten unangenehm auffällt. Das Letzte, was Elizabeth an diesem Abend, an dem sie ohnehin immens unter Beobachtung steht, braucht, ist, dass ihre Mutter beispielsweise in ihrer taktlosen und ungeschickten Art und Weise versucht, Mr Bingley von den Vorzügen ihrer Tochter Jane zu überzeugen. Wie gern hätte Elizabeth ihre Schwester Jane jetzt hier! Ein freundliches Gesicht täte jetzt gut.

Elizabeth lässt den Blick erneut durch den Raum schweifen. Wen sollte sie wohl am besten ansprechen? Um ihre missliche Lage zu bessern, wäre ein Gespräch mit den ranghöchsten Gästen vermutlich am zuträglichsten. Tief durchatmend bahnt sie sich ihren Weg durch den Raum.

Anemone: Erwartung und Hoffnung, Vergänglichkeit

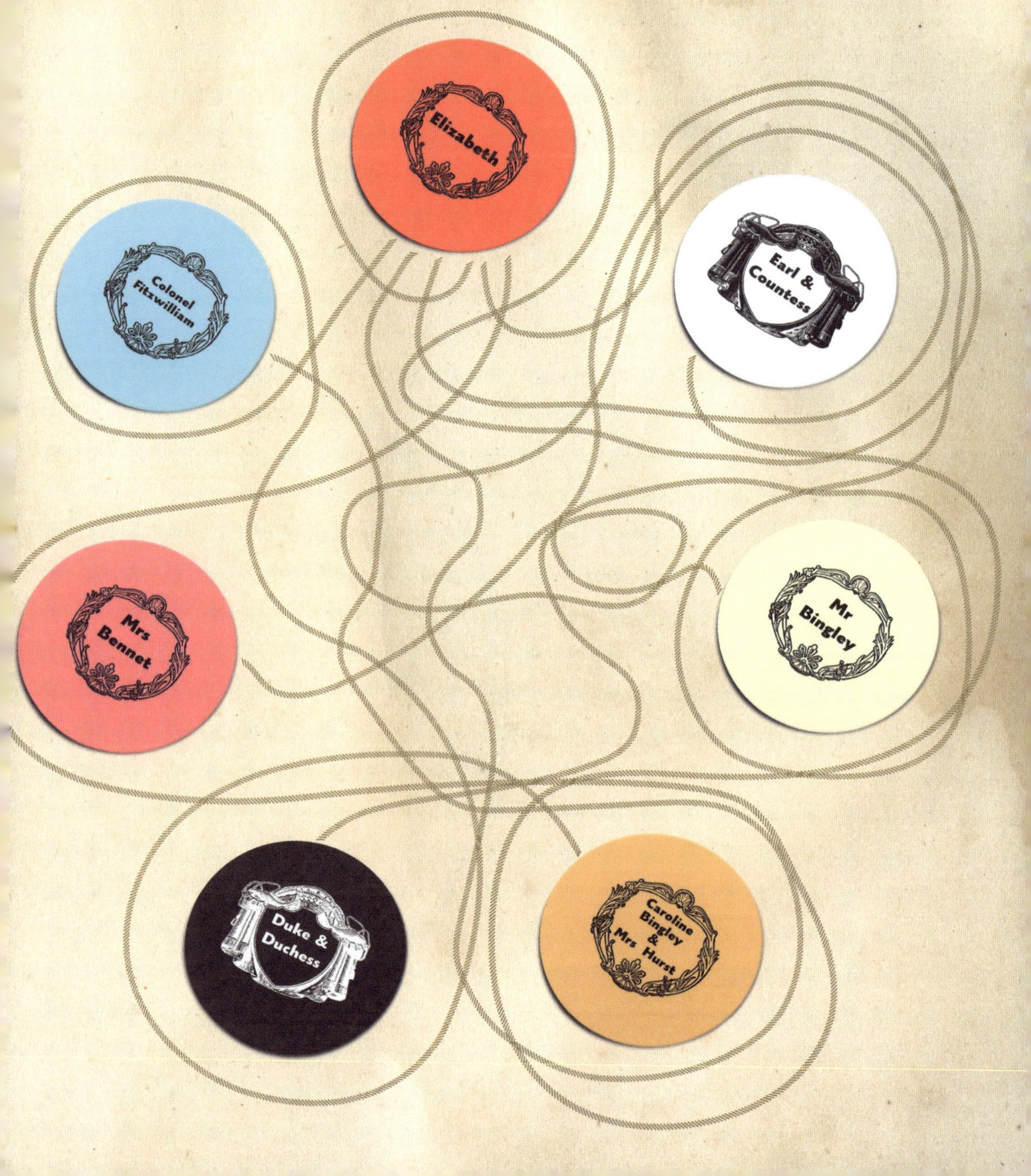
Elizabeth
Colonel Fitzwilliam
Earl & Countess
Mrs Bennet
Mr Bingley
Duke & Duchess
Caroline Bingley & Mrs Hurst

Margeriten: unverfälschtes Glück, Natürlichkeit

gelbe Narzisse: Unglückliche Liebe, Ritterlichkeit, Eitelkeit

9. Rätsel

Der Blumenstrauß

Elizabeth ist es gelungen: Sie steht vor den ranghöchsten Gästen der anwesenden Gesellschaft. Im selben Moment tritt Colonel Fitzwilliam hinzu, der sie erblickt hat und herzlich begrüßt. Er erklärt, er freue sich sehr, sie so bald schon wiederzusehen und stellt sie daraufhin dem Duke und der Duchess vor, mit denen er gut bekannt ist. Nachdem sie eine Weile geplaudert haben, entschuldigt sich Mr Darcys Cousin, da er noch eine wichtige Angelegenheit mit einem der anwesenden Gentlemen zu besprechen habe. Elizabeth ist über die Maßen angetan. Der Duke und die Duchess scheinen fürwahr sehr offene und liebenswürdige Menschen zu sein und es entspinnt sich auch nach Colonel Fitzwillams Fortgang sogleich ein angeregtes Gespräch zwischen den dreien. Durch ihre offene und ehrliche Art hinterlässt Elizabeth besonders beim Duke einen positiven Eindruck, sodass er sie kurz zur Seite nimmt, als die Duchess von einem anderen Gast angesprochen wird.

Da der Duke seiner Frau eine Überraschung bereiten möchte, schlägt er vor, sich in eine andere, etwas ruhigere Ecke des Raums zurückzuziehen. Als Elizabeth dem Duke dorthin folgt, sieht sie ganz in ihrer Nähe Colonel Fitzwilliam, der mit einem anderen Herrn in ein Gespräch vertieft ist.

„Miss Bennet, wie ich zuvor erwähnte, beschenkte mich meine Frau vor Kurzem mit unserem wunderbaren Sohn Lord Henry. Ich möchte sie gemäß dem Anlass gern mit einem großen Strauß Blumen überraschen, bin unglücklicherweise allerdings kein besonderer Kenner der Blumensprache. Unser Gärtner sagte mir, zurzeit ständen die Hortensien, Margeriten, Rosen und Kornblumen in unseren Gärten in voller Blüte. Auch die Glockenblumen, Callas, Nelken, Gänseblümchen, der Mohn und der Enzian seien wunderschön. Meine Frau liebt edle Gewächse und einfache Wiesenblumen gleichermaßen. Ich weiß, dass sie eine Vorliebe für Narzissen und Tulpen hat, auch Lavendel hat sie sehr gern. Unser Gärtner sagte mir, seiner Meinung nach wirkten weiße Rosen, Hortensien und weiße Calla zusammen zu einem Strauß gebunden sehr hübsch. Auch Glockenblumen, weißer Mohn, Enzian und Margeriten ergäben einen wundervollen Strauß. Ebenso seien Kornblumen, roter Mohn, gelbe Nelken und Gänseblümchen schön zusammen anzusehen. Er wies mich allerdings auch darauf hin, dass ihm die Blumensprache leider auch nicht geläufig sei. Das klingt vermutlich wahrhaft töricht für einen Mann in meiner Position, doch ich möchte mich ungern in die Nesseln setzen. Sollten Sie sich auf diesem Gebiet zufällig auskennen und mir einen Rat geben können, seien Sie sich meinem aufrichtigsten Dank gewiss."

Zu seinem Glück ist dies etwas, womit sich Elizabeth dank ihrer Mutter bestens auskennt. Schließlich wollte diese, dass für ihre Töchter kein Zweifel an der Bedeutung der Blumenbouquets, die sie geschenkt bekommen, besteht. Sie lächelt den Duke an. „Ihr habt Glück."

„Wirklich vortrefflich", antwortet dieser. „Und wäre es denkbar, bei einem der Sträuße noch eine ihrer Lieblingsblumen mit einzubinden, was meinen Sie? Das ergäbe dann einen wundervollen Sommerstrauß."

Welchen Blumenstrauß wird Elizabeth angesichts ihres Wissens ob der gesellschaftlichen Bedeutung und Blütezeit der verschiedenen Blumen empfehlen?

10. Rätsel

Rätselzubehör

Notenblatt

Das Notenblatt

Als der Duke sich herzlich bei Elizabeth vor aller Augen für ihren Rat zu Glockenblumen, weißem Mohn, Enzian und Margeriten bedankt, gesellt sich Caroline Bingley, die die beiden schon länger beobachtet hat, zu ihnen. „Miss Bennet, was hielten Sie davon, uns ein wenig mit dem Pianoforte die Zeit zu vertreiben?" An den Duke gewandt fügt sie hinzu: „Euer Gnaden, ich hatte letztens bereits das Vergnügen und habe ihr kleines Konzert sehr genossen." Elizabeth, die sich dessen bewusst ist, dass sie nicht zu den besten Klavierspielerinnen gehört, erwidert: „Ihr schmeichelt mir, doch möchte ich ungern die angeregten Gespräche der anderen Gäste mit meinem Spiel unterbrechen." Doch Caroline Bingley möchte nichts davon wissen und lässt ihren Einwand nicht gelten. „The London March! Würde ich vorschlagen. Es zählt gewiss zu meinen Lieblingswerken ..." Elizabeth, die im Beisein des Dukes nicht noch vehementer ablehnen möchte, willigt zögerlich ein: „Nun gut." Als Caroline Bingley sie zum Klavier begleitet, sagt ihr Elizabeth, dass sie das Stück schon länger nicht gespielt habe und sich deshalb wegen des Beginns unsicher sei. Daraufhin drückt ihr Caroline Bingley ein Notenheft in die Hand. Als Elizabeth am Klavier sitzt und schon alle Blicke auf sie gerichtet sind, stellt sie fest, dass die ersten beiden Seiten des Stückes zerschnitten sind. Als sie sich an Caroline Bingley wenden möchte, richtet diese jedoch schon das Wort an die umstehenden Gäste, bittet sie um Ruhe und spricht ein paar einführende Worte. Elizabeth weiß: Wenn sie den guten Eindruck, den sie bei den anwesenden Gästen durch den bisherigen Abend sicherlich hinterlassen hat, nicht aufs Spiel setzen möchte, muss sie hurtig die Seiten wieder richtig zusammensetzen.

MB

11. Rätsel

Der Zeitungsartikel

Bei ihrer Rückkehr von der Abendgesellschaft ist Elizabeth mit dem Verlauf des Abends durchaus zufrieden. Wie nett der Duke und die Duchess doch waren! Dass sie dem Duke dann noch einen so hilfreichen Rat geben konnte, für den er sich vor allen Anwesenden bei ihr bedankte, freut sie insgeheim sehr. Und wie gut, dass es Caroline Bingley nicht gelang, sie vor der versammelten Gesellschaft bloßzustellen. Auch wenn ihr Klavierspiel nicht perfekt war, so hörte sie doch von einigen Seiten anerkennende und wohlwollende Worte. Kein leichtes Stück hatte Mr Bingleys berechnende Schwester da ausgewählt. Aber anscheinend hatte sich schon vor ihr jemand mit diesem Stück geplagt. Warum sonst hätte er wohl die Worte der Gouvernante auf die Noten geschrieben? Wie war das?: „Nicht einschlafen, Tempo halten!" Elizabeth schmunzelt. Bei diesem Stück und diesem Tempo einzuschlafen wäre gewiss schwierig. Jetzt, nach diesem erfolgreichen Abend, kann sie sicherlich gut einschlafen. So müde war sie schon lange nicht mehr! Sie gähnt herzhaft. Doch - Moment?! War da nicht auch eine Mohnblume auf den Noten abgebildet? Plötzlich ist Elizabeth wieder hellwach. Doch, auf den Noten war ganz sicher eine Mohnblume abgebildet! Einschlafen — Mohn - Laudanum - Laudatini — auf einmal wird es ihr schlagartig klar. In dem Getränk, das sie beim Ball gereicht bekam, war Laudanum. Deshalb der Name Laudatini. Und darum kann sie sich nicht mehr daran erinnern, wie sie in die Kutsche gelangte. Mr Wickham musste sie gestützt und so in die Kutsche geschleift haben. Deshalb musste es für die anderen Gäste so ausgesehen haben, als verließen sie eng umschlungen den Ball ... Elizabeth merkt, wie in ihr erneut die Wut hochkocht, doch sie zwingt sich, auf das Positive zu blicken. Der heutige Abend war führwahr ein voller Erfolg für sie. Ob sich diese erfreulichen Nachrichten wohl genauso schnell verbreiten werden wie die skandalösen vor ein paar Tagen? Elizabeth hofft es inständig.

Als sie am übernächsten Tag die Zeitung aufschlägt, verschlägt es ihr den Atem. Sie ist doch tatsächlich erneut Thema! Aufgeregt liest sie den kurzen Abschnitt im Gesellschaftsteil.

SENSATION!

Nach ihrem skandalösen Verschwinden von einem Ball Richtung Gretna Green vor Kurzem ist derselben Elizabeth Bennet nun ein fulminantes gesellschaftliches Comeback gelungen. Wer hätte das gedacht?! Nach ihrem Fehltritt war Miss Bennet auf der Liste der heiratsfähigen jungen Damen der diesjährigen Ballsaison auf den vorletzten Platz abgerutscht. Sie überholte Mitte letzter Woche lediglich Miss Thompson an 28. Stelle, die durch das Bekanntwerden ihrer außerehelichen Schwangerschaft weiter an Popularität einbüßte. Aufgrund der jüngsten Ereignisse hat besagte Miss Bennet nun 15 Plätze auf unserer Liste gutmachen können. Welch Überraschung!

Elizabeth schnaubt verächtlich, als sie das liest. Unfassbar, dass über junge Frauen auf diese Weise berichtet wird! Sie empfindet tiefes Mitgefühl für Miss Thompson, kann sie sich in deren prekäre Lage doch gut hineinversetzen. Dennoch ist sie gleichzeitig auch voller Erleichterung, dass sich ihre Bemühungen offensichtlich ausgezahlt haben und sie sogar in der Zeitung nun wieder in einem besseren Licht dasteht. Auf welchem Platz der Liste findet sie sich aktuell nun wieder?

12. Rätsel

Die Übungsstickerei

Elizabeth ist erleichtert: Der 13. Platz! Sie scheint in der Gunst der Gesellschaft tatsächlich wieder gestiegen zu sein und ihr Ruf scheint sich immens gebessert zu haben. Welch ein Glück! Und wie trefflich, dass Mr Darcys Cousin Colonel Fitzwilliam bei der Soiree auf Netherfield sogar persönlich anwesend war. So wird Mr Darcy auch noch einmal aus verlässlicher Quelle von den Ereignissen des Abends erfahren. Gewiss wird Colonel Fitzwilliam kein schlechtes Bild von ihr zeichnen, ist er ihr doch wohlgesonnen, wie sie bei ihrem Besuch in Hunsford merken konnte. Dennoch - wie gern würde sie mit Mr Darcy persönlich sprechen, um zu erklären, wie sie in diesen Skandal verwickelt wurde. Ob sich an seinen Gefühlen für sie etwas geändert hat?
Nach all der Aufregung findet Elizabeth nun endlich einen ruhigen Moment, um ihrer Lieblingsschwester Jane von Mr Darcys Brief und Antrag zu erzählen. Sie gesteht ihr, dass ihr Mr Darcy mittlerweile nicht mehr gleichgültig ist und dass sie sich wünschen würde, noch einmal mit ihm zu sprechen. Hilfsbereit wie Jane ist, verspricht sie, darüber nachzudenken. „Sei unbesorgt, Lizzy. Es findet sich bestimmt eine Lösung. Da bin ich zuversichtlich."
Die nächsten Tage fliegen nur so dahin, und schon steht Janes Besuch bei ihrem Onkel und ihrer Tante in London bevor, wo sie einige wenige Tage verbringen wird. Unglücklicherweise fand sich keine Gelegenheit mehr zu einem Gespräch unter vier Augen. Jane wurde von ihren jüngeren Schwestern Kitty und Lydia mit Wünschen belagert, was sie alles aus London mitzubringen habe. Dann lag ihr ihre Mutter in den Ohren. Sie sei sich vollkommen sicher, dass Mr Bingley immer noch Interesse an ihr habe, auch wenn er das aktuell vielleicht nicht so erkennen lasse. Sie habe von Lady Lucas gehört, dass er sich auch keiner anderen Dame besonders zugetan zeige. Da sei sich die Nachbarschaft einig.
Als Jane sich von Elizabeth verabschiedet, sagt sie: „Auf deinem Bett liegt etwas für dich." und wirft Elizabeth einen vielsagenden Blick zu. Neugierig sieht Elizabeth nach. Es ist ein von Jane gesticktes Alphabet, eine Übungsstickerei, jedoch unvollkommen. Wie merkwürdig, das sieht ihrer sonst so gewissenhaften Jane überhaupt nicht ähnlich?! Elizabeth sieht sich die Buchstaben und gestickten Ornamente genau an und versucht, ihre Gedanken zu ordnen.

E _ n _ _ _ _ _ n _   _ w _   _ s _ _ _

13. Rätsel

Der Nachmittagstee

Als Elizabeth ein paar Tage später am Nachmittag auf dem Weg zu ihrer Tante Mrs Philips ist, die in Meryton zum Tee geladen hat, denkt sie über Janes Rat nach. Sie hat sicherlich recht, allerdings ist es wahrhaftig kein leichtes Unterfangen. Ihre Mutter hat schließlich nie einen Hehl daraus gemacht, dass sie Mr Darcy für zu stolz und herablassend hält. Dennoch wäre der Zeitpunkt für eine Einladung ideal: Sie hat gehört, dass Mr Darcy wohl gerade wieder einmal bei Mr Bingley weilt. Mr Darcy zusammen mit Mr Bingley einzuladen, wenn er sich gerade in greifbarer Nähe befindet, dürfte sich als deutlich leichter erweisen, als wenn ihn die Einladung auf seinem Wohnsitz in London oder auf Pemberley erreicht.

Als das Haus ihrer Tante in ihr Blickfeld gerät, seufzt sie tief. Wie überflüssig diese Teekränzchen doch sind! Doch sie möchte ihre Tante nicht enttäuschen, die sicherlich betrübt wäre, würde sie im letzten Moment der Einladung nicht nachkommen. Immerhin steht sie nach der Abendgesellschaft bei den Bingleys und dem Zeitungsartikel hoffentlich selbst nicht mehr so im Fokus des Getratsches.

Als sie den Raum betritt, erblickt sie ihre Tante im Gespräch mit zwei Damen der Umgebung, Mrs Watson und Mrs Long, die gerade damit beschäftigt sind, sich über die neuesten Neuigkeiten der in Meryton stationierten Offiziere auszutauschen. Nachdem sie Elizabeth kurz begrüßt haben, wenden sie sich wieder den wichtigen Themen zu.

Mrs Philips: „Ist euch zu Ohren gekommen, dass *Oberst Forster* und *Hauptmann Carter* kurzfristig das *Lager* verlassen haben? Ich dachte, es hieße, sie seien hier unabkömmlich?"

Mrs Watson: „Ja, meine Liebe. Das habe ich auch gehört. Meine *Nachbarin* erzählte davon. Angeblich sollen sie wegen einer dringenden Angelegenheit für ein paar Wochen *in den Norden versetzt* worden sein. Ich weiß es zwar nur aus zweiter *Hand*, doch in diesen Dingen lag meine Nachbarin bisher immer richtig. Sie traf sie wohl beide vor ihrer *Abreise*. Das erzählte sie mir, als ich sie vorgestern in der *Buchhandlung* von *Clark* traf."

Mrs Long: „Welch ein *Zufall*! Ich traf sie vorgestern, als sie gerade den *Laden* verließ."

Elizabeth seufzt erneut tief und setzt sich in eine Ecke des Raums. Ihre Gedanken wandern wieder zu Mr Darcy.

Mrs Watson: „Ja, Zufälle gibt es?! So eine *reizende* und liebenswürdige *Person*. Aber hast du gesehen, was für ein *Kleid* sie trug? Leider völlig *aus der Mode* ..."

Mrs Long: „Der *Musselinstoff* ist wirklich äußerst hübsch, aber der *Schnitt* ..."

Sie nimmt einen Schluck aus der Teetasse.

Mrs Long: „Der *Tee* ist übrigens ganz vorzüglich, meine Liebe. Und das Gebäck - ein *Gedicht*!"

Mrs Philips: „Vielen Dank. Mrs Nicholls, die Haushälterin von *Netherfield*, sagte mir einmal, dass dieses dort äußerst beliebt sei, auch bei den ranghöchsten Gästen, als ich sie einmal auf dem *Markt* traf."
Mrs Watson: „Apropos Netherfield. Gibt es Neuigkeiten von unserem reizenden Mr Bingley? Ich sah ihn heute Morgen auf seinem Curricle, von dem er überaus freundlich grüßte."

Mrs Long: „Ich hörte, dass er aufgrund familiärer Verpflichtungen den Beginn der Londoner Ballsaison wohl dieses *Jahr verpassen* werde. An der dritten *Veranstaltung* möchte er wohl jedoch schon wieder *zugegen* sein."

Mrs Watson: „Oh, wie schade! Das bedeutet, dass er dennoch sehr bald abreisen wird. Ob er in seinem *Stadthaus* wohl selbst auch wieder *einladen* wird? Die Veranstaltungen bei ihm zählen zweifelsohne immer zu den Höhepunkten der Saison, wie ich finde. Angeblich soll er aktuell noch die wenigen Tage vor seiner Abreise nach London *Besuch* eines guten Freundes haben."

Mrs Philips: „Ja, Mrs Nicholls berichtete, dass Mr Darcy wohl einen wichtigen Grund für seinen kurzfristigen Besuch habe, konnte aber keine genaueren Aussagen machen. Dann jedoch habe seine Kutsche Achsbruch erlitten, wie sie von seinem Kutscher erfuhr. - Sie wissen schon, diese große grüne. Na, jedenfalls hat diese Angelegenheit verständlicherweise *Vorrang*, denn, wie Mrs Long sagte, die Londoner Ballsaison steht vor der Tür. Unglücklicherweise gibt es wohl Probleme mit der Reparatur, weshalb der Kutscher scheinbar alle Hände voll zu tun habe."

Mrs Long: „Wie ärgerlich. So etwas passiert natürlich immer zum falschen *Zeitpunkt*! Das erinnert mich daran, was meine Nachbarin mir letztens erzählte. Als sie vor Kurzem wichtige Gäste erwartete, *entglitt* einer ihrer Bediensteten doch tatsächlich am *Tag* vorher die Schüssel mit der Bratensoße und der gesamte *Inhalt* landete auf dem *Teppich* im *Esszimmer*. Könnt ihr euch das vorstellen - der ganze Teppich *ruiniert*?! Wie fürchterlich! Sie war natürlich außer sich ..."

Auf dem Nachhauseweg rekapituliert Elizabeth noch einmal den Nachmittag und versucht, gedanklich zu sortieren und unter all den **Nichtigkeiten** des gehörten Gesprächs das Wichtige herauszufiltern. Vieles davon kann man gewiss getrost gedanklich **streichen.** Aber wenn sie nicht alles täuscht, war zumindest eine wichtige Information für sie doch dabei. Ihre Gedanken wandern **vor und zurück, kreuz und quer.** Was war das bloß?

G	N	U	T	L	A	T	S	N	A	R	E	V	M	A	R	K	T	S	U	A	N
H	S	B	U	C	H	H	A	N	D	L	U	N	G	T	Z	H	T	D	E	R	I
A	U	R	E	M	M	I	Z	S	S	E	N	R	T	T	U	C	I	E	Z	V	N
N	A	L	A	G	E	R	R	J	D	T	O	E	L	I	G	U	L	I	E	E	I
D	H	C	L	A	R	K	E	A	E	S	S	T	A	N	E	S	G	N	I	R	R
N	T	E	D	O	M	K	D	H	N	R	I	S	H	H	G	E	T	L	T	P	A
N	D	Z	U	F	A	L	L	R	H	E	A	R	N	C	E	B	N	A	P	A	B
A	A	C	A	R	T	E	R	E	C	B	S	O	I	S	N	E	E	D	U	S	H
M	T	T	H	C	I	D	E	G	I	O	L	F	N	E	D	A	L	E	N	S	C
T	S	A	B	R	E	I	S	E	P	D	L	P	E	R	S	O	N	N	K	E	A
P	T	Z	T	E	S	R	E	V	P	T	A	V	O	R	R	A	N	G	T	N	N
U	R	E	I	Z	E	N	D	E	E	E	B	N	G	A	T	N	N	I	G	E	B
A	T	R	E	I	N	I	U	R	T	E	N	E	T	H	E	R	F	I	E	L	D
H	R	E	N	O	D	N	O	L	F	F	O	T	S	N	I	L	E	S	S	U	M

Die wichtigste Information ist:

14. Rätsel

Das Kutschendilemma

Natürlich, der Beginn der Londoner Ballsaison steht vor der Tür! Das bedeutet, dass nicht nur Mr Bingley sehr bald abreisen wird, sondern auch Mr Darcy — und das wohl noch vor Mr Bingley, wenn man den Worten der drei Damen Glauben schenken darf. Grundgütiger! Und sie hatte doch die Hoffnung, ihm bei einem gemeinsamen Essen alles zu erklären. Wie viel Zeit ihr wohl bleibt, bis Mr Darcy wieder abreist?
Sie überlegt: Mit der Postkutsche braucht man einen halben Tag bis nach London. Die Abfahrtszeit ist jeden Tag um 10 Uhr. Wählt Mr Darcy dieses Transportmittel, erscheint eine Abreise morgen Vormittag wahrscheinlich, denn vermutlich möchte er nicht direkt an seinem Ankunftstag die erste gesellschaftliche Verpflichtung wahrnehmen müssen. Reist er mit einer privaten Reisekutsche oder einem Landauer, ist dies sicherlich am angenehmsten und bequemsten. Da es sich um schwere Kutschen handelt, erreichen sie allerdings tendenziell nicht so hohe Geschwindigkeiten. Überdies muss mit einer längeren Vorbereitungszeit gerechnet werden, bis sie reisebereit sind. Werden heute die letzten Vorbereitungen getroffen,

erscheint eine Abreise morgen Vormittag wahrscheinlich. Mit einer besonders für Spazier- und Vergnügungsfahrten geeigneten Barouche braucht man einen Tag nach London. Vermutlich wird der Abreisezeitpunkt deshalb morgen früh liegen. Mit den sportlichen und leichten Kutschmodellen wiederum ist man innerhalb weniger Stunden in London. Zudem ist hier keine lange Vorbereitungszeit erforderlich, sogar ein Kutscher ist nicht vonnöten. Eine Abreise gegen morgen Abend scheint wahrscheinlich.

Doch welches Transportmittel ist angesichts der unsicheren Wetterlage in den nächsten Tagen seine wahrscheinlichste Wahl? Welche Kutschen stehen ihm bei seinem Freund für die Rückreise nach London zur Verfügung?

Elizabeth versucht, sich alles, was sie über Kutschen weiß, zu vergegenwärtigen und sich an all die Details zu erinnern, die sie in der Vergangenheit bei diversen Teestunden in ihrer Nachbarschaft und bei ihrem Besuch im Raum Hunsford aufgeschnappt hat, und alles gedanklich zu sortieren. Schon wieder so ein Fall!

Hätte sie geahnt, dass sich diese Banalitäten doch einmal als wichtig und von Nutzen erweisen könnten, hätte sie besser zugehört! Wann wird Mr Darcy nun voraussichtlich abreisen?

1. und 2.

3.

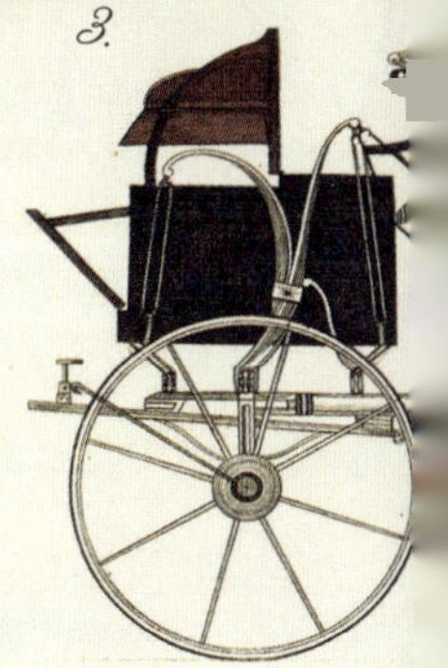

5.

6.

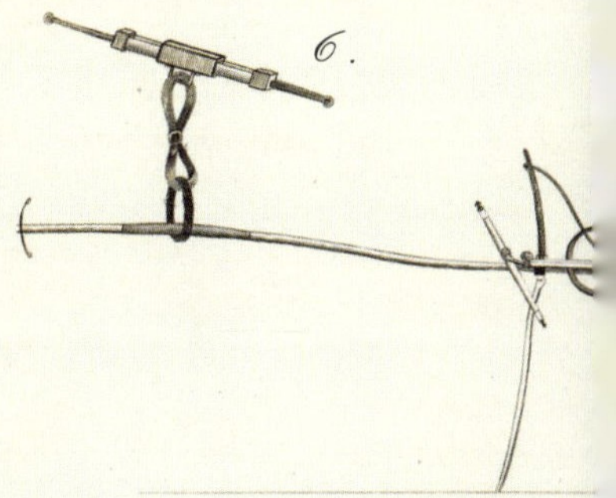

	1. *Stagecoach / Postkutsche*	2. *Reisekutsche (privat)*	3. *Landauer*
Anzahl der Räder	4	4	4
Anzahl der Zugtiere (PS)	2–4	2–4	2–4
Kutschbock vorhanden	ja	ja	ja
Anzahl der Passagiere	modellabhängig	modellabhängig	4+2 auf dem Kutschbock
Fahrer	Kutscher	Kutscher	Kutscher
Dach	fest	fest	faltbares Verdeck
Schlechtwetter-geeignet	ja	ja	ja
	Öffentliches Verkehrsmittel, das von Mitgliedern der Oberschicht auf keinen Fall genutzt wird.	Klassische Reisekutsche, die besonders für lange Reisen und schlechtes Wetter geeignet ist.	Luxuriöse und sehr teure große Stadtkutsche.
	öffentlich	Mr Darcy, Mr Bingley (derzeit im Gebrauch von Caroline Bingley)	Mr Darcy, Lady Catherine de Bourgh

4.

7.

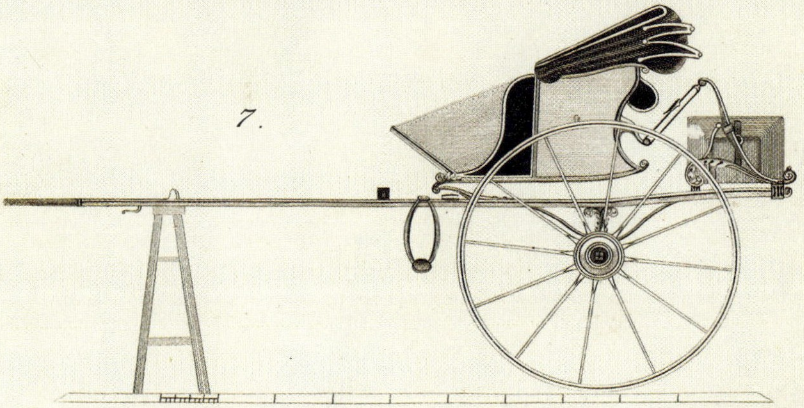

4. Kalesche/Barouche	5. Phaeton	6. Curricle	7. Gig
4	4	2	2
2	2 (Pferde oder Ponys)	2	1
ja	nein	nein	nein
4+2 auf dem Kutschbock	2 (+2 falls Holzbank für Diener vorhanden)	2	1-2
Kutscher	Passagier	Passagier	Passagier
zur Hälfte faltbares Verdeck	teilweise Verdeck	teilweise faltbares Verdeck	teilweise faltbares Verdeck
nein	teilweise	teilweise	nein
Teure repräsentative Zweitkutsche für gutes Wetter.	Moderne sportliche Kutsche.	Sportliche und moderne Kutsche, wird von jungen Männern gerne schnell gefahren.	Leichte und verhältnismäßig günstige Kutsche.
Mr Bingley	Lady Catherine de Bourgh, Mr Darcy	Mr Bingley	Mr Collins, Mr Bingley

15. Rätsel

Mr Darcys Hab und Gut

Herrje, Mr Darcy reist schon morgen gegen Abend mit dem Curricle von Mr Bingley ab! Wie soll sie ihre Mutter von einer so kurzfristigen Einladung der beiden Herren überzeugen? Nicht nur, dass ihre Mutter bisher eine Abneigung gegen Mr Darcy hegte, auch bleibt so kaum Zeit, ein standesgemäßes und festliches Essen vorzubereiten und das Haus für den Besuch zu säubern und ansprechend herzurichten. Zwei Dinge, auf die Mrs Bennet für gewöhnlich sehr großen Wert legt. Dennoch, Elizabeth muss es versuchen, will sie mit dieser unsäglichen Geschichte innerlich abschließen.

Als sie ihre Mutter darauf anspricht, reagiert diese wie erwartet. „Aber Elizabeth, wie stellst du dir das vor? Ist es das wirklich wert, dass wir Mr Bingley so unvorbereitet empfangen und ein so unzureichendes Mahl bereiten? Denk doch an deine Schwester Jane! Ich glaube, sie hat die Hoffnung auf die eine, die wichtigste Frage im Leben einer Frau immer noch nicht aufgegeben. Ist es Mr Darcy wert, dass wir einen so liebenswerten und — fast noch wichtiger — vermögenden Mann wie Mr Bingley regelrecht vor den Kopf stoßen?“

Plötzlich kommt Elizabeth eine Idee, wie sie ihre Mutter vielleicht doch noch überzeugen kann. Für Elizabeth selbst kommt nur eine Hochzeit aus Liebe und auf Augenhöhe infrage. Für ihre Mutter, die sich auch um das Wohl und Auskommen ihrer Töchter sorgt, ist auch die gesellschaftliche Stellung und das Vermögen des Zukünftigen entscheidend. Es heißt, Mr Darcy verfüge über ein sehr großes Vermögen. „Wenn du Mr Bingley für einen vermögenden Mann hältst, dann hast du wohl noch nicht über Mr Darcys Reichtum nachgedacht.“

Elizabeth versucht, den Wert von Mr Darcys Hab und Gut zu schätzen.

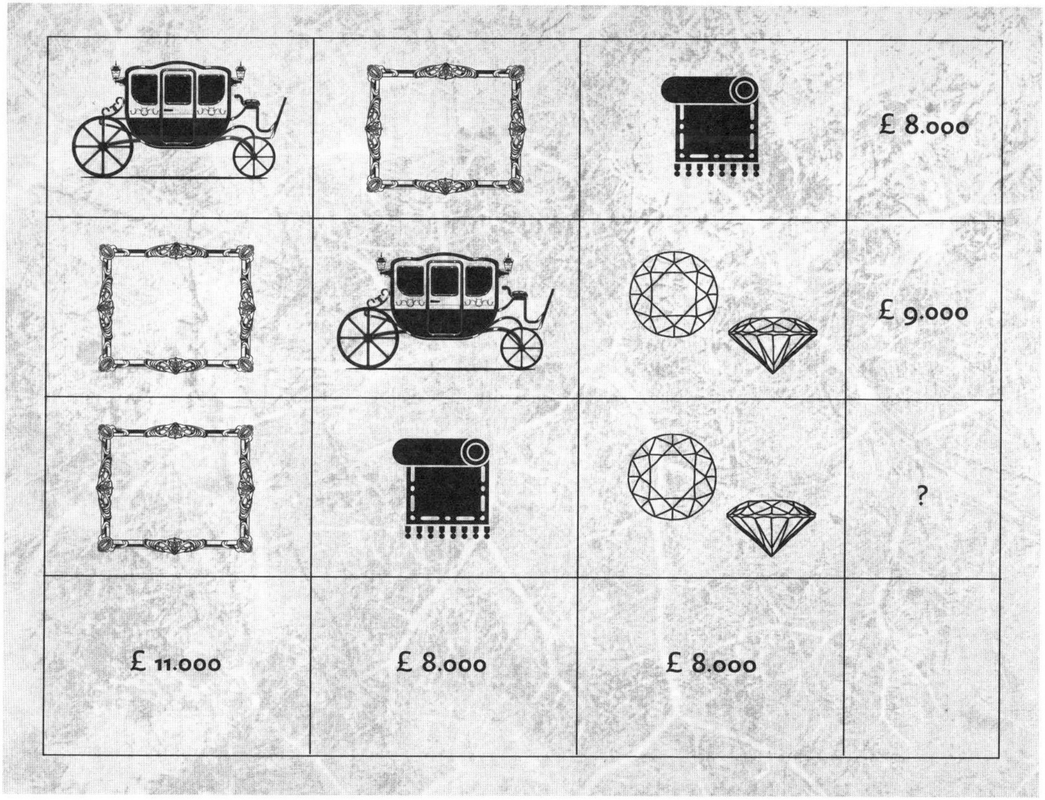

Der Wert der Schmucksammlung mit Erbstücken seiner Familie beliefe sich also auf __ Pfund, die kostbaren Teppiche hätten einen Wert von __ Pfund, seine Kutschen einen Wert von __ Pfund und die Gemäldesammlung mit vielen wertvollen Kunstwerken einen Wert von __ Pfund.
Man sagt, der Wert seines Hauses in London sei 5x so hoch wie der Wert der Schmuck- und Gemäldesammlung zusammengenommen. Und von seinem Anwesen in Pemberley heißt es, es sei noch einmal doppelt so viel wert.
Das bedeutet, sein geschätztes Vermögen betrüge insgesamt __ Pfund.

16. Rätsel

Die Vorbereitungen

Als Mrs Bennet diese Summe von 131.000 Pfund vernimmt, bricht sie in Begeisterungsstürme aus. „Wie reich und vornehm du sein wirst! Was für eine Menge Geld, was für kostbaren Schmuck und wie viele Wagen wirst du jetzt bekommen! Jane ist nichts dagegen — gar nichts! ... Ein so reizender Mann! Und wie gut er aussieht, so groß und so vornehm! Ach, meine liebe Lizzy, verzeih mir bitte, dass ich ihn so unsympathisch fand. Hoffentlich wird er es mir nicht nachtragen." „Beruhige dich, Mutter, noch sind wir nicht vermählt und Jane und Mr Bingley auch nicht." „Ja, aber angesichts deines jetzt blendenden Rufs ist das doch lediglich eine Frage der Zeit! Wie aufregend! Zwei verheiratete Töchter ..." Dann fügt sie hinzu: „Gewiss, es ist nun Eile geboten. Wie sehr ich mir in diesem Moment mehr Bedienstete wünsche! Doch sei unbesorgt. Als Mrs Darcy und Mrs Bingley müsst ihr euch um solche Dinge künftig keine Gedanken mehr machen. Was für ein wundervoller Tag! Ich spreche nun erst mit Mrs Hill und halte sie für morgen zur Eile an, dann kümmere ich mich sogleich um die Einladung." „Vielen Dank, Mutter", sagt Elizabeth. Diese hört ihr jedoch schon gar nicht mehr richtig zu. „Natürlich ist das Esszimmer herzurichten und auch das Wohnzimmer. Nach dem Essen werden wir uns sicherlich noch einmal zu einem Tässchen Tee oder Kaffee oder einer Partie Whist im Salon einfinden, das gehört für mich einfach zum guten Ton. Doch auch die Diele ist natürlich nicht zu vergessen ... Dann brauchen wir natürlich frische Blumen in den Vasen ..." Vor sich hinmurmelnd verschwindet sie aus dem Raum.

Im Gespräch mit Mrs Hill stellt sich Folgendes heraus: Neben all den anderen zu treffenden Vorkehrungen bleiben den Bediensteten Sally, Mrs Hill und Rose morgen nur 1 ½ Stunden Zeit, um das Anwesen zu säubern. Für gewöhnlich schafft Mrs Hill die Fläche der Diele in einer Stunde. Sally ist von kleinerer Statur und schafft nur 2/3 von dem, was Mrs Hill schafft, weil sie aufgrund ihrer Größe immer einen Stuhl braucht, um die oberen Bereiche zu erreichen. Rose ist besonders flink und schafft doppelt so viel wie Sally in der Stunde.

Mrs Bennet fragt sich: Werden ihre drei Bediensteten es schaffen, die **relevanten** Räume für den bevorstehenden Besuch entsprechend herzurichten und zu reinigen?

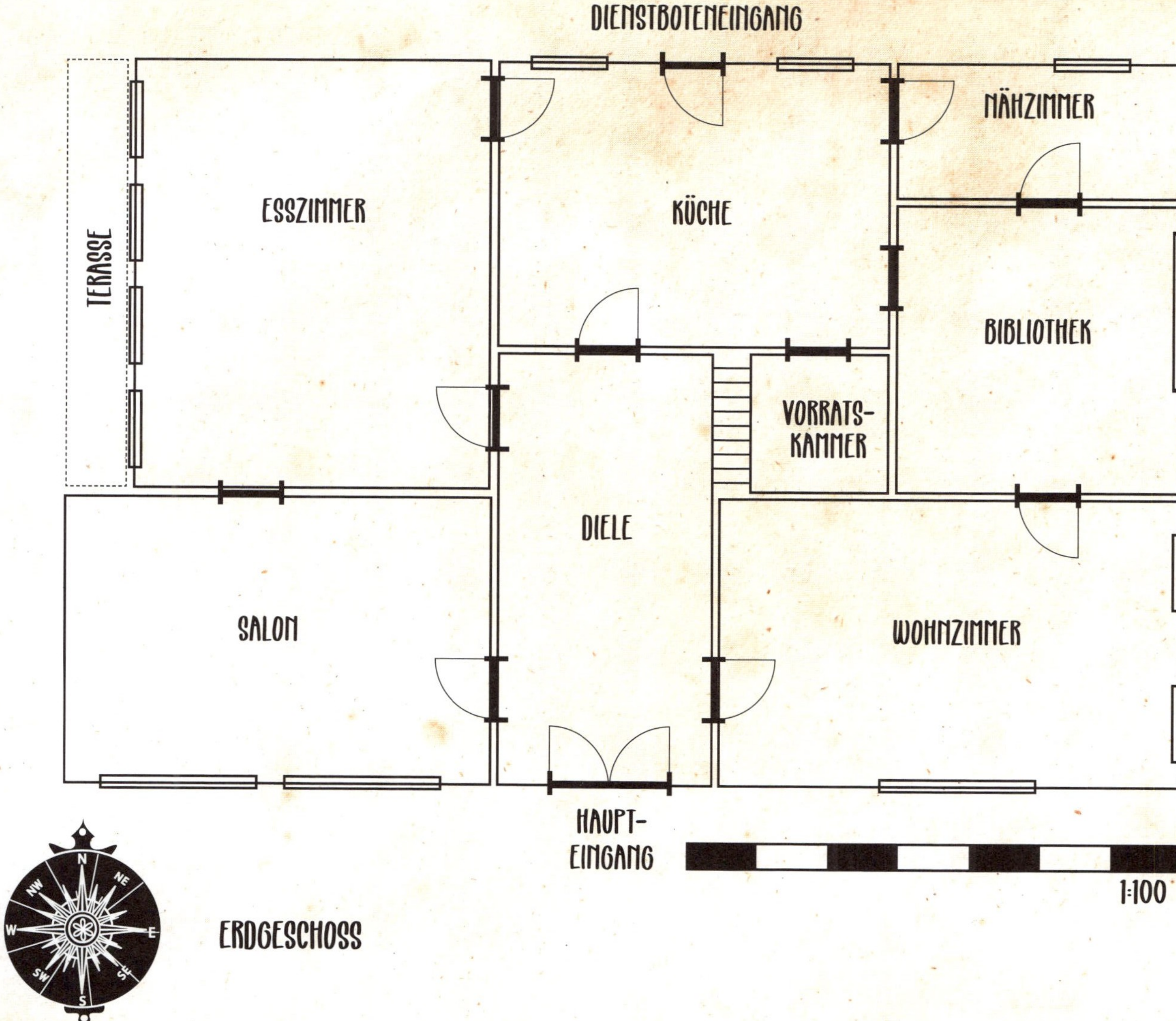
DIENSTBOTENEINGANG
TERASSE
ESSZIMMER
KÜCHE
NÄHZIMMER
BIBLIOTHEK
VORRATS-
KAMMER
DIELE
SALON
WOHNZIMMER
HAUPT-
EINGANG
N
NE
E
SE
S
SW
W
NW
1:100
ERDGESCHOSS

17. Rätsel

Das Menü

Die Antwort lautet nein. Doch für Mrs Bennet ist die Sache beschlossen. Das Essen und damit gewissermaßen die Hochzeit ihrer beiden Töchter zu verschieben, kommt für sie nicht mehr infrage. Fieberhaft denkt sie über eine Lösung nach. Schließlich bittet sie ihre Schwester Mrs Philips aus dem benachbarten Meryton, ihr kurzfristig eine Bedienstete von sich als Unterstützung zu schicken, was diese angesichts der vielversprechenden Aussichten gern zusichert.

Da am nächsten Tag alle Bediensteten damit beschäftigt sind, das Haus für den anstehenden Besuch in Ordnung zu bringen und herzurichten, bleibt keine Zeit mehr, weitere Besorgungen zu machen. Mrs Bennet sieht sich nach all der Aufregung gezwungen, sich aus Rücksicht auf ihre Nerven kurzfristig in ihr Gemach zurückzuziehen. Es fällt also Elizabeth zu, anhand der vorhandenen Lebensmittel in Vorratskammer und Garten, die die Bediensteten zuvor eilig aufgelistet haben, ein ansprechendes Mahl zusammenzustellen, das den hohen Gästen gerecht wird. Bevor sich ihre Mutter in ihr Zimmer zurückzieht, weist sie sie jedoch noch an, ihren Gästen, auf die sie schließlich einen guten Eindruck zu machen wünsche, keine kalten Gerichte vorzusetzen. Ganz abgesehen davon sei sie der Meinung, dass ein Mensch wie Mr Darcy, der über ein so hohes jährliches Einkommen verfüge, von einem Fleischgericht höchstwahrscheinlich nicht satt würde.

Elizabeth schaut sich die aufgelisteten Lebensmittel an und blickt dann nachdenklich aus dem Fenster in den Hinterhof, auf dem die Hühner fröhlich gackernd umherwandern. Wie gut, dass die wöchentliche Fleischlieferung ohnehin heute ansteht und die Nachbarn die tägliche Milchration auch bereits gebracht haben. Natürlich, für den Rest der Woche müssten sie dann auf Fleisch verzichten, doch sie ist sich sicher, dass ihre Familie das gern in Kauf nimmt. Was für ein Menü lässt sich also aus dem Vorhandenen zusammenstellen? Sie würde gern mindestens drei Gerichte servieren.

Austern-Pfanne mit Buttersoße und Kastanien

Nehmen Sie zwei Pfund der größten Austern, die Sie bekommen können, öffnen Sie sie, nehmen Sie die Weichkörper und lassen Sie sie in einem feinen Sieb abtropfen und fangen Sie das Austernwasser auf.

Waschen Sie die Austern in warmem Wasser. Bereiten Sie einen Teig zu: Schlagen Sie zwei Eigelb und reiben Sie eine halbe Muskatnuss hinein. Scheiden Sie ein wenig Zitronenschale und geben eine gute Menge Petersilie, einen Löffel Spinatsaft, zwei Löffel Sahne oder Milch dazu und verrühren Sie die Masse mit Mehl zu einem dicken Teig. Halten Sie etwas Butter in einer Pfanne bereit und tunken Sie die Austern nacheinander in den Teig. Halten Sie auch Brotkrümel bereit, in denen Sie die Austern wenden. Braten Sie die Austern, bis sie gebräunt sind. Nehmen Sie sie aus der Pfanne und halten Sie sie warm.

Halten Sie zwei Pfund geschälter und gehäuteter Kastanien bereit, braten Sie sie in Butter, nehmen sie aus der Pfanne, gießen das Fett ab und streuen ein wenig Mehl in die Pfanne. Reiben Sie ein Stück Butter, das die Größe eines Hühnereis hat, mit einem Löffel in der Pfanne bis die Butter geschmolzen und eine cremige Masse entstanden ist. Geben Sie nun das Austernwasser und drei oder vier Muskatblüten hinzu. Lassen Sie Sie unter Rühren einige geschälte Pistazien hinein und fügen die Mischung eine Weile kochen und geben Sie die Kastanien, ein halbes Pint Weißwein und eine Masse aus zwei Eigelb und vier Esslöffeln Sahne dazu. Wenn die Zutaten eingedickt sind, legen Sie die Austern in eine Schale und gießen die Sauce darüber.

Mit den Kastanien und Zitrone garnieren.

Rezepte

Lammbrust im Brot-Kräutermantel:

- die beiden Lammbrüste so lange garen, bis die Knochenenden aus dem Wasser herausragen und sich das Fleisch gut von den Rippenknochen und der Haut lösen lässt
- das Fleisch mit einem Eigelb bestreichen
- mit ein paar gehackten Kräutern (Majoran, Ysop, Estragon und Petersilie), gehackter Zwiebel, Brotkrumen und Salz und Pfeffer bestreuen
- in einem Schmortopf anrösten
- mit dem Bratensaft Soße herstellen und servieren

Hühnerfrikassee

Oder Soße zu Kalbsbraten

Nehmen Sie für dieses Gericht zwei Hühnchen, die zuerst gehäutet und in kleine Stücke geschnitten werden. Dann das Fleisch mit warmem Wasser abspülen und mit einem Tuch trocken tupfen. Das Fleisch in einem Topf mit Milch und Wasser kochen, bis es zart ist. Als nächstes nehmen Sie einen sauberen Topf und geben ein halbes Pint Sahne und ein Viertelpfund Butter hinzu. Im Topf rühren, bis die Butter geschmolzen ist, danach noch weiter rühren, damit sich das Fett nicht absetzt.

Anschließend heben Sie die Hühnchenstücke mit einer Gabel in den Soßentopf mit Butter und Sahne. Nun etwas getrocknete Muskatblüte, feingemahlenen Muskat und ein paar Pilze hinzugeben und alles zusammen für zwei bis drei Minuten köcheln lassen, bevor Sie das Hühnerfrikassee servieren.

Wenn Sie keine Pilze zur Hand haben, kann alternativ ein Löffel gehackte Essiggurke hinzugefügt werden, das gibt dem Ganzen eine feine Säure.

Diese Soße eignet sich auch für Kalbsbraten und schmeckt vorzüglich zu Reis.

Reispudding

Ein Viertelpfund Reis in einem Topf mit einem halben Pint frischer Milch und einer Prise Zimt zum Kochen bringen.

Regelmäßig umrühren, damit der Reis nicht am Topfboden kleben bleibt.

Wenn der Reis fertig ist, geben Sie ihn in eine Pfanne und fügen Sie ein Viertelpfund frische Butter und Zucker hinzu, ganz nach Belieben. Dann eine halbe Muskatnuss reiben, drei oder vier Löffel Rosenwasser hinzugeben und alles gut verrühren.

Wenn der Reis abgekühlt ist, trennen Sie acht Eier, schlagen Sie die Eigelbe und die Hälfte der Eiweiße auf und rühren sie unter.

Eine Form einfetten, den Reis einfüllen und backen. Sie können vorher auch Blätterteig ausrollen und über den Milchreis legen.

Alternativ können auch ein paar Rosinen und Trockenfrüchte hinzugefügt werden.

Sommererbsensuppe:

- eine Gurke schälen, längs vierteln und in Scheiben schneiden
- die Gurkenscheiben zusammen mit den zerkleinerten inneren, hellen Salatblättern von zwei Romanasalaten, zwei Handvoll Minzblättern, zwei in dünne Scheiben geschnittenen Zwiebeln, etwas Pfeffer, ein wenig Salz, einem Pfund junge Erbsen, etwas gehackter Petersilie und einem halben Pfund Butter in einen tiefen Schmortopf geben
- für mindestens 1 1/2 Stunden schonend kochen, bis das Gemüse weich ist
- währenddessen ein Pfund Markerbsen kochen, bis sie zart sind, durch ein Sieb drücken und mit einem Teil des Kochsuds vermischen (je nachdem, wie dick Sie die Suppe haben möchten)
- mit der restlichen Suppe gut vermischen und heiß servieren.

Hühnchen mit Pflaumenfüllung:

- ein halbes Pfund getrocknete Pflaumen in wenig Wasser aufkochen, vom Herd nehmen und eine Viertelstunde ziehen lassen
- zwei Scheiben Weissbrot in Würfel schneiden und anrösten
- das Weissbrot mit gehackten Kräutern (Petersilie, Thymian, Majoran und Salbei), einem Esslöffel Apfelessig, einem Esslöffel Zucker und den klein geschnittenen Pflaumen vermischen und das Huhn damit stopfen und in einen Topf legen
- die Innereien (ohne die Leber) klein schneiden
- eine geviertelte Zwiebel, eine mit zwei Gewürznelken gespickte Zwiebel, zwei halbierte Selleriestangen, ein Lorbeerblatt, ein halbes Bund Petersilie, drei Thymianzweige und drei Esslöffel Malzessig zusammen mit den Innereien zum Huhn in den Topf geben und das Huhn knapp mit Wasser bedecken
- alles zum Kochen bringen und dann zugedeckt 1 1/2 Stunden köcheln lassen

- einen Esslöffel Butter schmelzen und ein bis zwei Esslöffel Mehl einrühren, bis eine Paste entsteht
- immer weiterrühren und langsam 1/3 Pint Milch hinzugiessen, ein halbes Pint Hühnerbrühe abmessen und hinzugeben
- so lange köcheln lassen und dabei rühren, bis die Sosse sämig ist
- in einem zweiten Topf 1/3 Pint Sahne zusammen mit dem Saft und der Schale von einer Zitrone erhitzen, dann in die Sosse einrühren und mit Salz und Pfeffer würzen
- das Huhn vollständig kalt werden lassen (am besten über Nacht)
- die Sosse so weit erhitzen, bis sie streichfähig ist, und das Huhn komplett damit bestreichen und mit dünnen Scheiben von einer Zitrone, mit Petersilie und einigen getrockneten Pflaumen servieren

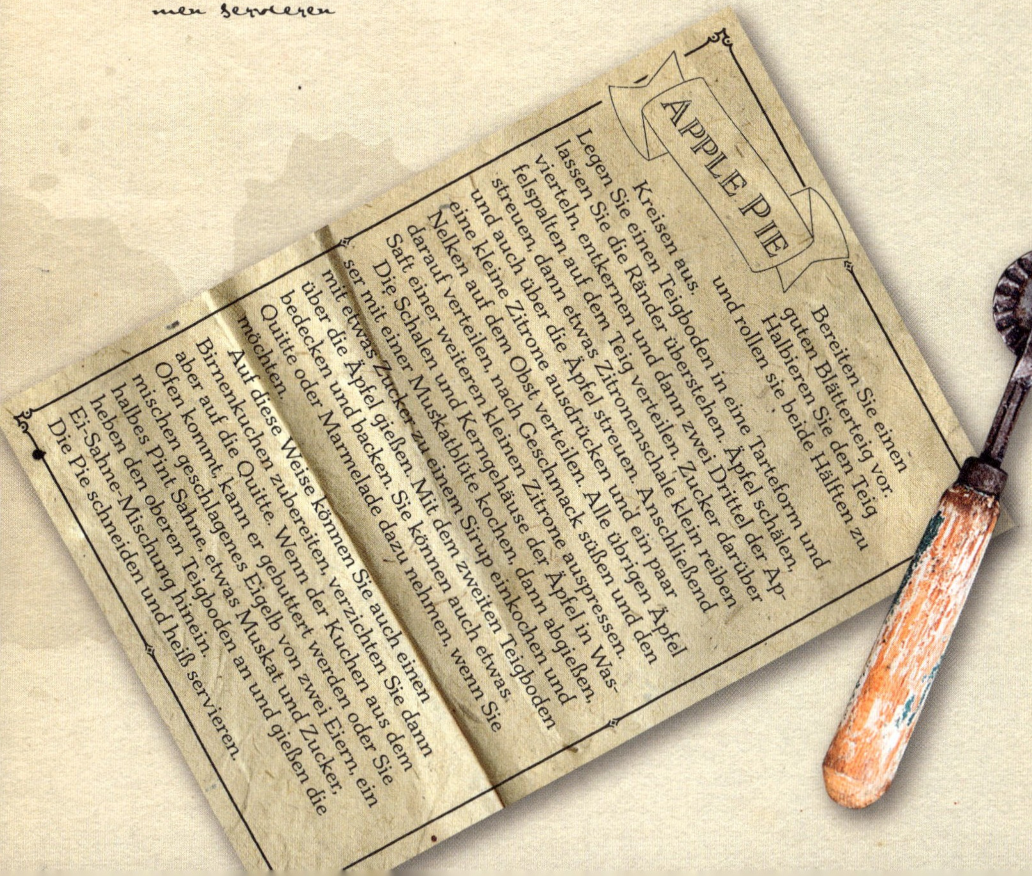

APPLE PIE

Bereiten Sie einen guten Blätterteig vor. Halbieren Sie den Teig und rollen sie beide Hälften zu Kreisen aus.

Legen Sie einen Teigboden in eine Tarteform und lassen Sie die Ränder überstehen. Äpfel schälen, vierteln, entkernen und dann zwei Drittel der Apfelspalten auf dem Teig verteilen. Zucker darüber streuen, dann etwas Zitronenschale klein reiben und auch über die Äpfel streuen. Anschließend eine kleine Zitrone ausdrücken und ein paar Nelken auf dem Obst verteilen. Alle übrigen Äpfel darauf verteilen, nach Geschmack süßen und den Saft einer weiteren kleinen Zitrone auspressen.

Die Schalen und Kerngehäuse der Äpfel in Wasser mit einer Muskatblüte kochen, dann abgießen, mit etwas Zucker zu einem Sirup einkochen und über die Äpfel gießen. Mit dem zweiten Teigboden bedecken und backen. Sie können auch etwas Quitte oder Marmelade dazu nehmen, wenn Sie möchten.

Auf diese Weise können Sie auch einen Birnenkuchen zubereiten, verzichten Sie dann aber auf die Quitte. Wenn der Kuchen aus dem Ofen kommt, kann er gebuttert werden oder Sie mischen geschlagenes Eigelb von zwei Eiern, ein halbes Pint Sahne, etwas Muskat und Zucker, heben den oberen Teigboden an und gießen die Ei-Sahne-Mischung hinein. Die Pie schneiden und heiß servieren.

Irischer Lammschmortopf:

- den Lammnacken in sechs Steaks schneiden, mit Mehl bestäuben und auf beiden Seiten leicht braun anbraten
- in einer Schmorpfanne zwei Esslöffel Butter schmelzen, zwei Esslöffel Mehl hinzugeben und langsam erwärmen, bis es hellbraun ist
- nach und nach Bratenfond oder Brühe hinzugeben und zum Sieden bringen
- dann die Steaks, drei kleine in Stücke geschnittene Steckrüben und zwei klein geschnittene Möhren hineingeben und zugedeckt für eine Stunde sanft kochen lassen
- nach Geschmack mit Salz, Pfeffer und zwei Esslöffeln Pilzketchup würzen
- sollte die Soße zu fettig sein, etwas Mehl mit kaltem Wasser mischen, unterrühren und noch einmal aufkochen lassen

Geschmortes Rumpsteak mit Kartoffeln

- acht Rumpsteaks zartklopfen und mit Salz und Pfeffer würzen
- vier Esslöffel Butter, in Scheiben geschnitten, auf dem Boden einer Kasserolle verteilen, dann eine Schicht Fleisch auf die Butter legen, dann mit einer Schicht gekochter, in Scheiben geschnittener Kartoffeln bedecken
- die Schichten wiederholen, bis die Kasserolle fast voll ist, und dann mit Brühe auffüllen
- zugedeckt drei Stunden garen, bis das Fleisch zart ist
- dann die Flüssigkeit in einen Topf geben und das Fett abschöpfen, mit etwas Butter und Mehl andicken und wieder über die Steaks gießen
- erneut aufkochen und mit Salz abschmecken

Vorratsliste

1 Pfund getrocknete Pflaumen
2 Handvoll Rosinen
Weißbrot
3 ½ Pfund Reis
1 Fläschchen Apfelessig
1 Fläschchen Malzessig
1 Pfund Zucker
10 Pfund Mehl
5 Zwiebeln
1 Korb Pilze
2 Pfund Kartoffeln
1 Pfund Butter
1 Pfund geräucherter Schinken
1 Handvoll Gewürznelken
1 Lorbeerblatt
getrocknete Muskatblüte
feingemahlener Muskat
Zimt
Salz
Pfeffer
2 Zitronen

4 Pints Milch
1 Pint Sahne (abgeschöpft von der gestrigen Milch)

7 Eier

2 Stangen Sellerie
10 Möhren
2 Artischocken
3 Zucchini
2 Gurken
2 Romanasalate
1 Pfund junge Erbsen
1 Pfund Markerbsen
Petersilie
Thymian
Majoran
Ysop
Estragon
Salbei
Minze

Donnerstag Fleischlieferung: 2 Lammbrüste

1 Pint = 568 ml
1 Pfund = 500 g

18. Rätsel

Der Platz in der Gesellschaft

Nachdem Elizabeth glücklicherweise das Problem bezüglich des Essens gelöst und Sommererbsensuppe, Hühnerfrikassee und Lammbrust im Brot-Kräutermantel ausgewählt hat, steht sie vor der nächsten Herausforderung: Sie muss eine passende Sitzordnung finden, die den Befindlichkeiten, Gewohnheiten und Wünschen ihrer Familie entspricht. Gleichzeitig möchte sie natürlich, dass sich ihre Gäste, Mr Bingley und Mr Darcy, wohlfühlen. Das Wichtigste aber ist ihr, neben Mr Darcy zu sitzen, damit sie mit ihm in Ruhe sprechen und ihm erklären kann, wie es zu dieser skandalösen Geschichte kommen konnte. Wahrlich keine leichte Aufgabe!
Sie überlegt: Ihr Vater, Mr Bennet, sollte als Familienoberhaupt natürlich am Kopfende des Tisches sitzen. Ihre Mutter, Mrs Bennet, wird nach all den Aufregungen der letzten Wochen für ihre armen Nerven sicherlich wie immer zur Rechten ihres Gatten sitzen wollen. Gleichzeitig möchte sie sich aber bestimmt mit ihrer Tochter Lydia über die neuesten Neuigkeiten von den Offizieren austauschen. Daneben wäre es sicherlich von Vorteil, wenn sie weit weg und nicht im Blickfeld von Mr Darcy säße. Schließlich hat sie in der Vergangenheit nicht immer den besten Eindruck bei ihm hinterlassen und eine weitere kompromittierende Situation gilt es in jedem Fall zu vermeiden. Bei ihrer Schwester Kitty ist sie sich sicher, dass sie bestimmt unbedingt einen Platz neben Lydia möchte. Die beiden sind ja so gut wie unzertrennlich! Sicherlich möchte Kitty allerdings nicht neben oder gegenüber von Mr Darcy sitzen, fühlt sie sich doch von ihm immer eingeschüchtert. Lydia sollte am besten auch weit weg von Mr Darcy sitzen. Ihre Unbedarftheit gepaart mit ihrer Vorliebe für den neuesten Klatsch und Tratsch aus Offizierskreisen wären nun sicherlich auch nicht förderlich, um Mr Darcy den Vorfall mit Mr Wickham vergessen zu lassen. Wie sie Lydia kennt, interessiert sich diese aber ohnehin nicht für ihre beiden Gäste Mr Bingley und Mr Darcy. Aufgrund ihrer Gleichmütigkeit kann ihre Schwester Mary bestimmt überall sitzen. Als ihre engste Vertraute möchte Elizabeth Jane eigentlich gern in ihrer Nähe wissen. Gleichwohl wäre es gewiss von Vorteil, wenn ihre so liebenswerte Schwester mit einem Sitzplatz in der Mitte den Abstand zwischen ihren Gästen und ihren Familienmitgliedern mit manchmal zweifelhaftem

Benehmen wahrte. Natürlich bietet ein solches Essen auch die Möglichkeit der Wiederannäherung von Jane und Mr Bingley, wenn sie nebeneinandersitzen und sich in Ruhe unterhalten können. Oh, wie sehr würde sie es ihrer Schwester wünschen! Mr Bingley scheint ihr ein wirklich feiner und liebenswürdiger Mann zu sein. Als guter Freund von Mr Darcy sollte er zu dessen Unterstützung auch in dessen Nähe sitzen.

Elizabeth schaut sich ihren Plan noch einmal an. So müsste es gelingen! Hoffentlich kann sie endlich in Ruhe mit Mr Darcy sprechen und wieder seine Zuneigung gewinnen.

Happy End
MB

Eine zweite Chance

Aufgeregt, aber auch entschlossen nimmt Elizabeth ihren Platz am Tisch neben Mr Darcy ein. Unsicher lässt sie ihren Blick zunächst an das andere Ende des Tisches gleiten, wo angesichts der wohl baldigen, unverhofften Rückkehr von Oberst Forster und Hauptmann Carter ausgelassene Stimmung herrscht. Doch Mr Darcy zeigt sich davon unbeeindruckt. Nach ein paar Begrüßungsfloskeln hört sie, wie Mr Bingley sich ein Herz fasst und Jane — fast schüchtern — seine Zuneigung offenbart. Elizabeth sieht, wie ihre Schwester zuerst errötet und dann aber ein Strahlen über ihr Gesicht geht. Auch Elizabeth muss lächeln und nimmt daraufhin ihren Mut zusammen und beginnt, Mr Darcy zu erklären, wie es zu diesem Skandal kommen konnte. Dieser lässt sie in Ruhe ausreden und erwidert dann: „Ich muss gestehen, dass ich Sie schon viel früher aufsuchen wollte. Ich hegte von Anfang an Zweifel an der gehörten Geschichte, doch als mir mein Cousin Colonel Fitzwilliam von Ihrer Begegnung auf Netherfield schrieb, nahm ich das zum Anlass, unverzüglich zu meinem Freund Mr Bingley aufzubrechen. Unglücklicherweise erlitt meine Kutsche unterwegs Achsbruch und die Reparatur erweist sich als schwieriger und aufwendiger als gedacht, weshalb es mir noch nicht gelang, bei Ihnen vorstellig zu werden." Elizabeth erwidert erleichtert: „Ja, davon habe ich gehört." „Wenn Sie erlauben, ich hätte Ihnen auch eine Menge zu sagen, doch vielleicht könnten wir das zu zweit in Ruhe bei einer Tasse Tee im Salon oder Wohnzimmer besprechen?" Lächelnd steht Elizabeth auf: „Nichts lieber als das."

Die Überraschung des Jahres! Große Doppelverlobung auf Netherfield und Pemberley!

Vor kurzem wurde bekannt gegeben, dass sich Mr Fitzwilliam Darcy mit Ms Elizabeth Bennet verlobt hat. Zur selben Zeit ging Mr Charles Bingley die Verlobung mit Ms Bennets Schwester, Ms Jane Bennet, ein.
Wenn das kein Grund zum Feiern ist!

The Morning
LONDON, MONTAG,

HEUTE VERÖFFENTLICHTE BÜCHER

WUNDERSCHÖNES SCHOTTLAND: Ein Reisebericht mit 20 exzellenten Stichen von Loch Lomond über LOCH NESS bis hin zur wilden Schönheit der Isle of Skye. Von James Robertson.

Chiffre 01

WEGE DURCH DEN URWALD. Das Glück liegt im SÜDEN! Mit diesem Reiseführer von L. A. Byrinth kommen Sie OHNE Umwege und HINDERNISSE an Ihr Ziel – für ein unbeschwertes Reiseerlebnis.

Chiffre 02

BALLETT, The Royal Opera House — Ankündigung. Die bekannte russische Primaballerina Anna Lebedew ist vorige Woche in London eingetroffen, wo sie mit ihrem Ensemble etliche Vorführungen zu geben gedenkt. Sie habe keine Probleme mit der Verständigung, obwohl sie kaum Englisch spreche. Ein TANZ SAGE mehr als tausend WORTE, weil Tanzen VERBINDET, so ihr Credo. Sie freue sich sehr auf die bevorstehenden Auftritte. Eintrittskarten sind ab sofort an den bekannten Verkaufsstellen erhältlich.

Chiffre 03.1

PETERSONS PATENTLAMPE leuchtet so hell, dass Ihnen nichts mehr entgeht. Die ausgeklügelte Technik des Kerzenhalters reflektiert das LICHT der rußarmen Wachskerzen auf eine optimale Weise und leuchtet jeden Winkel aus.

Chiffre 03.2

GEGEN KONZENTRATIONSSCHWÄCHE - Folgende Dinge sind angeblich dazu geeignet, Konzentrationsschwierigkeiten entgegenzuwirken: Das ALPHABET von vorne bis hinten und wieder zurück aufzusagen oder gar zu SPRINGEN oder sich in Zungenbrechern zu üben. Hilft das alles nichts? Vertrauen Sie unserem neuen Heilmittel Ginkgophil mit Extrakten aus der Ginkgopflanze. Vertrieb durch alle Medizinverkäufer im Land.

Chiffre 04

The British Museum Library lässt mitteilen: Fähiger **BIBLIOTHEKAR GESUCHT,** der MIT SYSTEM arbeitet, über den Tellerrand nach rechts und LINKS blickt und sich sowohl mit Literatur auskennt als auch auf Zahlen versteht.

Chiffre 05

HEUTE VERÖFFENTLICHTE BÜCHER

THOMAS KITCHINS NEUER UNIVERSAL-ATLAS. Mit einer vollständig überarbeiteten KARTE des Vereinigten Königreichs Großbritannien und Irland AN 1. STELLE. 28 detaillierte Karten mit sämtlichen RELEVANTEN INFORMATIONEN.

Chiffre 06

DAS GROSSE BUCH DER NAMEN. Von E. Hill. Untersuchung der Herkunft von ENGLISCHEN und deutschen NAMEN. MIT ZWEISPRACHIGEN ELEMENTEN. Während einige Namen wie „Müller“ oder „Mills“ oder auch „Schmied“ und „Smith“ ganz eindeutig auf ein bestimmtes Tätigkeitsfeld zurückzuführen sind oder etwas über die geografische Herkunft aussagen, ist bei anderen auf den ersten Blick kein solch klarer Zusammenhang erkennbar. Sie scheinen beinahe WILLKÜRLICH ZUSAMMENGESETZT. Doch auch bei ihnen lässt sich oftmals ein Muster erkennen. Ein hoch interessantes Buch, das Hintergründe beleuchtet und neue Brücken schlägt.

Chiffre 07

FAUXPAS
Wer sich auf das gesellschaftliche Parkett begibt, sollte sich zuvor über die Gepflogenheiten des Landes erkundigen. Beim gestrigen Empfang beging der preußische Gesandte einen Fehltritt und begrüßte zuerst den Earl, dann den Duke, obwohl beide hohen Herrschaften direkt beieinanderstanden. Allem Anschein nach sah der DUKE es ihm nach und begrüßte ihn dennoch recht herzlich.

Chiffre 08

Ortswechsel: Im Namen der örtlichen Behörden wird mitgeteilt, dass der **BLUMENMARKT** mit sofortiger Wirkung in die Columbia Road verlegt wird. Markthändler, die ihre GLOCKENBLUMEN, MARGERITEN und ihren ENZIAN feilbieten möchten, werden gebeten, ihre Stände zukünftig nahe dem Brunnen an der Ecke zur Garden Street zu platzieren.

Chiffre 09

HEUTE VERÖFFENTLICHTE BÜCHER

Fühlen Sie sich bisweilen auch orientierungslos? Richten Sie sich danach, WAS GESCHRIEBEN STEHT. Es vermag in scheinbar aussichtslosen Situationen zu helfen und eine Stütze zu sein. Erweiterte und überarbeitete Auflage des **BOOK OF COMMON PRAYER.**

Chiffre 10

Chronicle.

Aktuelle Hinweise aus der Gesellschaft

05. JULI 1813.

Der **BUCHMACHER INFORMIERT:** Wer am gestrigen Tag auf Arrow setzte, kann sich ab sofort seinen Gewinn abholen. Das Pferd des Earls, auf das viele gesetzt hatten und das lange Position 13 innehatte, wurde im letzten Moment von Conley überholt, der daraufhin SEINEN 13. PLATZ EINNAHM. Pegasus landete folglich nur auf einem enttäuschenden letzten Platz.

Chiffre 11

WAS FEHLT, IST OFT AM WICHTIGSTEN. Pietätvoller Umgang mit Ihrem Trauerfall. Wir unterstützen Sie, wenn Sie den Verlust eines geliebten Menschen zu verkraften haben, indem wir uns um alles zu erledigende mitkümmern und den Nachlass SORTIEREN. Bestatter White Rose, Graham Street 18.

Chiffre 12.1

HEUTE VERÖFFENTLICHTE BÜCHER

MR JOHNSONS HANDBUCH DER GRAMMATIK. In 2 Büchern. Band 1: KLEIN BLEIBT KLEIN. Unter anderem mit einer umfänglichen Erklärung zur Schreibung von Adjektiven im attributiv-elliptischen Gebrauch, von bestimmten und unbestimmten Artikeln und Superlativen. Band 2: GROSS BLEIBT GROSS. Mit Erklärungen zur Schreibung von Substantiven in Zusammensetzungen und Aneinanderreihungen mit Bindestrich und Ähnlichem.

Chiffre 12.2

MISS TAYLOR GIBT BEKANNT: Kundinnen und Kunden, die ihren Geldbeutel zu schonen verpflichtet sind, bittet die Schneiderin, sie mit AUS DER MODE gekommenen Kleidungsstücken GESONDERT aufzuSUCHEN. Möglicherweise lassen sich die bisherigen TEILE zweitverwerten oder in KOMBINATION mit neuen Elementen aufwerten. Überdies möchte sie die Öffentlichkeit davon in Kenntnis setzen, dass eine Warenlieferung mit feinster französischer Spitze bei ihr eingetroffen ist.

Chiffre 13

UNWEGSAME WEGE

Die außerordentlichen Regenfälle und starken Windböen der letzten Tage haben ihren Tribut gefordert und zahlreiche Wege unwegsam gemacht. Es wurde von mindestens zwei Vorfällen berichtet, bei denen Kutschen ACHSBRUCH erlitten – eine davon der LANDAUER eines wohlhabenden Gentlemans, wie Zeugen berichten. Da die Prognose für die nächsten Tage lautet, dass weitere Regenfälle möglich sind, aber nicht zwingend eintreten werden, ist zu erwarten, dass die Wege schnell wieder wie gewohnt nutzbar sind.

Chiffre 14

HEUTE VERÖFFENTLICHTE BÜCHER

GRUNDZÜGE DER MATHEMATIK. Von G. H. Hardy. Mathematische Basiskenntnisse wie das Auflösen einer Gleichung nach einer Variablen und das GLEICHSETZUNGSVERFAHREN leicht und verständlich erklärt. Preis 8s. gebunden.

Chiffre 15

Junge, fleißige Dame bietet ihre **UNTERSTÜTZUNG IN ALLEN HAUSHÄLTERISCHEN BELANGEN** an. Die arbeitsame Dame, die ihre vortrefflichen Fähigkeiten bisher im Hause ihres Onkels unter Beweis stellen konnte, ist sowohl in der Küche, bei der Reinigung (24 m2 IN DER STUNDE) als auch beim Erledigen sämtlicher Botengänge und Besorgungen eine tüchtige Hilfe. Bei Interesse hinterlassen Sie bitte Ihre Adresskarte für **R. M.** bei A. M., Davies Street 14.

Chiffre 16

GELUNGENE VERNISSAGE

Die Ausstellungseröffnung des aufstrebenden Künstlers H. Granville war ein voller Erfolg. Nicht nur die ausgestellten Werke fanden überaus großen Zuspruch. Auch von der musikalischen Untermalung des Streichquartetts und dem kulinarischen Angebot waren viele Gäste begeistert. Es gab eine Vielzahl erlesener KALT SERVIERTER SPEISEN wie HÜHNCHEN MIT PFLAUMENFÜLLUNG und Roastbeef und eine Auswahl feinster Weine. Dass der Künstler eine großartige Zukunft vor sich habe, darüber waren sich alle befragten Ausstellungsbesucher einig. Für alle Interessierten sind die Werke fortan täglich in der Grand Street 10 zu betrachten.

Chiffre 17

Eine Dame mit reichem Erfahrungsschatz aufgrund ihrer langjährigen Tätigkeit als **GOUVERNANTE BIETET IHRE DIENSTE AN.** Besondere Aufmerksamkeit wird unter anderem dem Formen des Geistes und dem Erlernen der Manieren gewidmet. So wird den jungen Elevinnen beispielsweise vermittelt, dass es sich bei Tisch geziemt, sich nur mit den direkten Sitznachbarn oder den GEGENÜBERSITZENDEN Personen auszutauschen. Eine Konversation mit weiter entfernt sitzenden Tischgästen zu beginnen, gehört sich für eine junge Dame, die bei Tisch nicht ihre Stimme erheben möchte, nicht. Für Kost und Logis ist aufzukommen, Honorar nach Absprache. Adresskarten sind bei den Herren Blackwell, Kensington Road, adressiert an J. E., abzugeben.

Chiffre 18

Lösungen

1.

Elisabeth ist auf der blauen Route unterwegs.

2.

3. Die Lösung ergibt sich, indem man den Zettel gegen das Licht hält. Es handelt sich um einen vorgeschlagenen Treffpunkt: St Paul's, Mo, 2 PM (Montag, 14 Uhr).

4. The British Museum Library

5. Es ergibt sich der Buchtitel: Kurze Anweisung zur wahren feinen Lebensart

6. Es ist das Siegel von Rosings, dem Wohnsitz und Anwesen von Lady Catherine de Bourgh.

7. Es handelt sich um Mr Wickham (wick = Docht, ham = Schinken).

8.

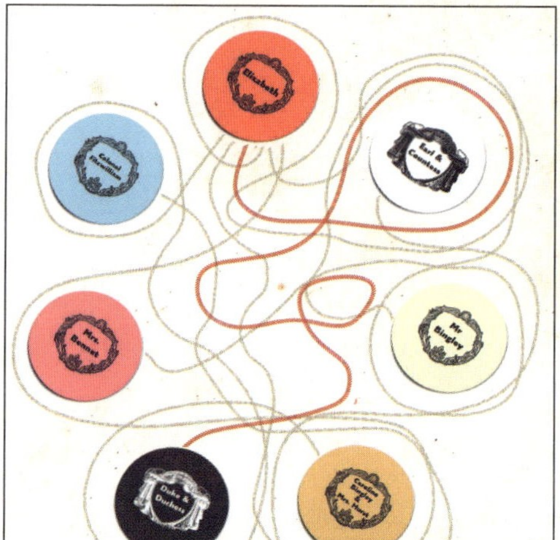

Lösungen

9. Elizabeth empfiehlt dem Duke den zweiten Blumenstrauß, der aus Glockenblumen, weißem Mohn, Enzian und Margeriten besteht und Dankbarkeit, Freude und unverfälschtes Glück symbolisiert und der Duchess die Botschaft „Deine Schönheit ist überwältigend“ übermitteln soll. In diesen Strauß könnte zusätzlich Lavendel miteingebunden werden, da es sich dabei auch um eine im Sommer blühende Pflanze handelt.

10.

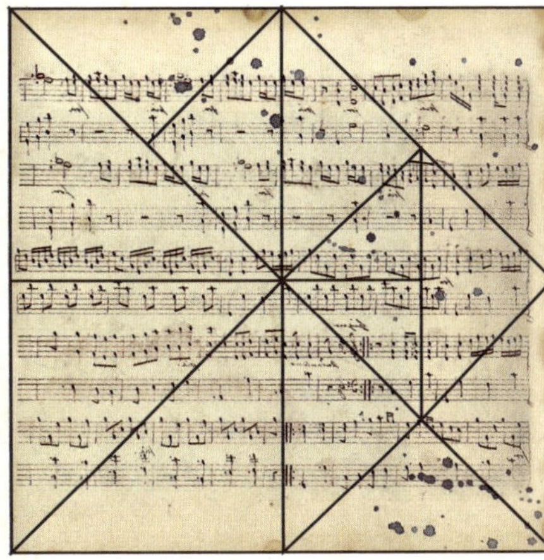

11. Platz 13

12. Janes Rat: Einladung zum Essen

13.

G	N	U	T	L	A	T	S	N	A	R	E	V	M	A	R	K	T	S	U	A	N
H	S	B	U	C	H	H	A	N	D	L	U	N	G	T	Z	H	T	D	E	R	I
A	U	R	E	M	M	I	Z	S	S	E	N	R	T	T	U	C	I	E	Z	V	N
N	A	L	A	G	E	R	R	J	D	T	O	E	L	I	G	U	L	I	E	E	I
D	H	C	L	A	R	K	E	A	E	S	S	T	A	N	E	S	G	N	I	R	R
N	T	E	D	O	M	K	D	H	N	R	I	S	H	H	G	E	T	L	T	P	A
N	D	Z	U	F	A	L	L	R	H	E	A	R	N	C	E	B	N	A	P	A	B
A	A	C	A	R	T	E	R	E	C	B	S	O	I	S	N	E	E	D	U	S	H
M	T	T	H	C	I	D	E	G	I	O	L	F	N	E	D	A	L	E	N	S	C
T	S	A	B	R	E	I	S	E	P	D	L	P	E	R	S	O	N	N	K	E	A
P	T	Z	T	E	S	R	E	V	P	T	A	V	O	R	R	A	N	G	T	N	N
U	R	E	I	Z	E	N	D	E	E	E	B	N	G	A	T	N	N	I	G	E	B
A	T	R	E	I	N	I	U	R	T	E	N	E	T	H	E	R	F	I	E	L	D
H	R	E	N	O	D	N	O	L	F	F	O	T	S	N	I	L	E	S	S	U	M

14. Mr Darcy reist mit Mr Bingleys Curricle zurück nach London, da der Landauer, mit dem er gekommen ist, noch nicht wieder fahrtüchtig ist. Die anderen von Mr Bingley zur Verfügung stehenden Kutschen sind definitiv nicht für schlechtes Wetter geeignet.
Mr Darcy reist folglich am nächsten Tag gegen Abend ab.

15. Kutschen: £ 1.000
Gemäldesammlung: £ 5.000
Teppiche: £ 2.000
Schmucksammlung: £ 3.000
letzte Zeile der Tabelle: £ 10.000
Haus in London: £ 40.000
Pemberley: £ 80.000
geschätztes Vermögen insgesamt: £ 131.000

16. Mrs Hill schafft für gewöhnlich 18 m^2 in einer Stunde, Sally 12 m^2 und Rose 24 m^2. In 1 ½ Stunden schaffen sie zusammen 81 m^2. Sie müssen insgesamt eine Fläche von 98 m2 reinigen. Es wird ihnen also nicht gelingen, die relevanten Räume in der zur Verfügung stehenden Zeit zu putzen.

17. Elizabeth kann Mr Darcy und Mr Bingley Sommererbsensuppe und als warme Fleischgerichte Hühnerfrikassee und Lammbrust im Brot-Kräutermantel servieren lassen. Durch die eigene Hühnerhaltung sind alle Zutaten vorhanden.

18. Die Personen wie folgt am Tisch platzieren:

Spielmaterial

Notizen:

Nicht einschlaf

Andantino

The Country Dance

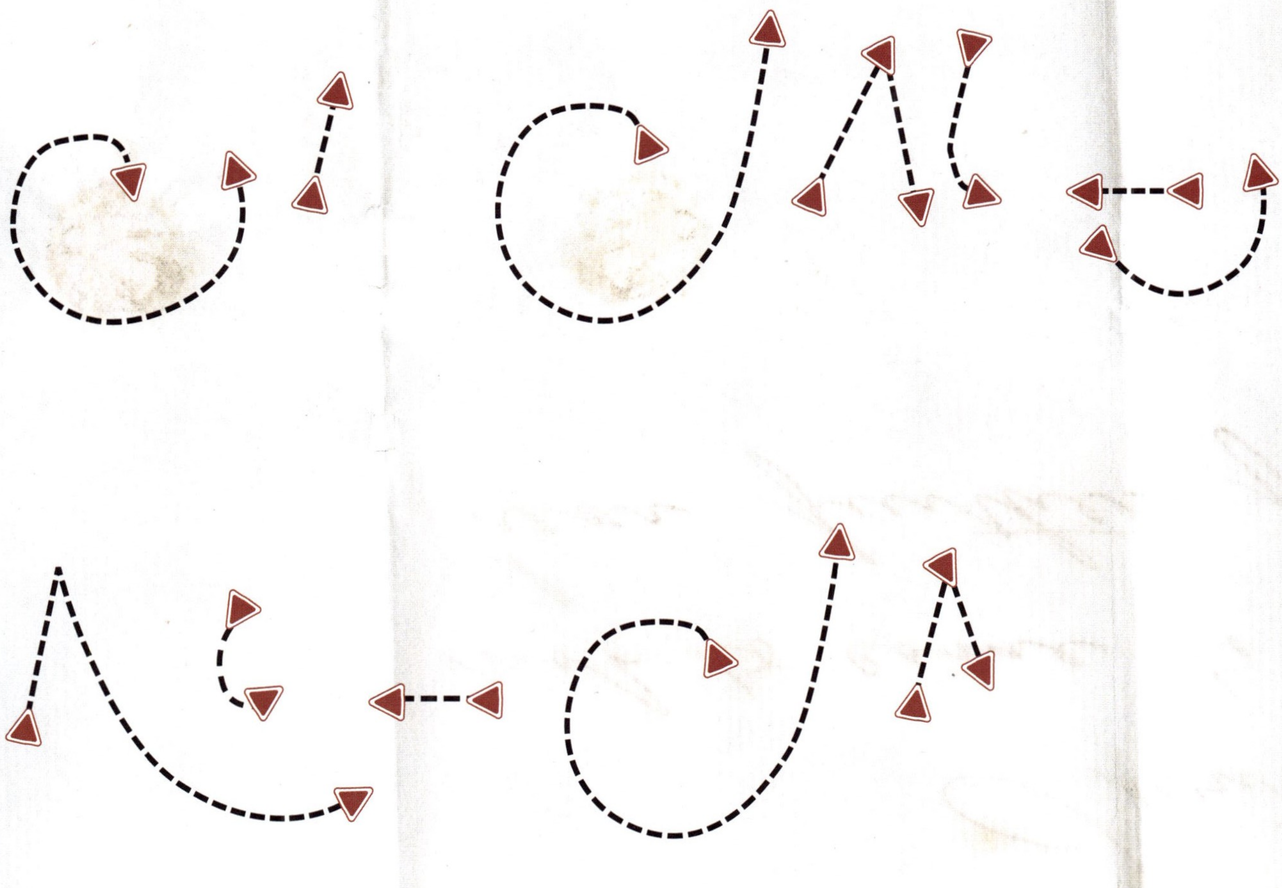

Adelstitel Peerage

Britische Adelstitel werden vom König oder der Königin verliehen.
Es gibt die Unterscheidung zwischen der Peerage und der Gentry.
Eine Besonderheit der Peerage-Adelstitelträger:innen, auch Peers genannt, ist, dass sie neben dem Recht auf das ihnen zugeordnete Gebiet auch das Recht auf einen Sitz im House of Lords im britischen Parlament haben.
Träger der Peerage-Adelstitel haben meistens zusätzlich niedrigere Adelstitel inne. Der nächsthöchste Titel wird vom ältesten Sohn getragen, bis dieser den Titel des Vaters erbt. Die Ehefrau des Adeligen trägt das weibliche Pendant zu seinem Titel.
Töchter von Dukes, Marquesses und Earls tragen den Titel Lady,
Töchter von Viscounts und Barons tragen den Titel The Honourable.

Ehefrau: Th[illegible] (of) [Name des Gebietes]

ältester Sohn: Marquess (of) [Name des Gebietes]

oder Lord [Name des Gebietes]

jüngere Söhne: Lord [Vorname] [Nachname]

Töchter: Lady [Vorname] [Nachname]

Marquess

(of) [Name des Gebietes]

Ehefrau: The Marchioness (of) [Name des Gebietes]

ältester Sohn: Earl (of) [Name des Gebietes]

oder Lord [Name des Gebietes]

jüngere Söhne: Lord [Vorname] [Nachname]

Töchter: Lady [Vorname] [Nachname]

[illegible]

Ehefrau: The Countess (of) [[illegible] des Gebietes]

ältester Sohn: Viscount (of) [Name des Gebietes]

jüngere Söhne: The Honourable [Vorname] [Nachname]

Töchter: Lady [Vorname] [Nachname]

Viscount

(of) [Name des Gebietes]

Ehefrau: The Viscountess (of) [Name des Gebietes]

Söhne: The Honourable [Vorname] [Nachname]

Töchter: The Honourable [Vorname] [Nachname]

Baron

(of) [Name des Gebietes]

Ehefrau: The Lady (of) [Name des Gebietes]

Söhne: The Honourable [Vorname] [Nachname]

Töchter: The Honourable [Vorname] [Nachname]

Adeltstitel, die der Gentry zugeordnet werden, sind **Knight** und **Baronet**. Beide Titel werden als besondere Auszeichnungen vom Königshaus verliehen und sind nicht an einen Landbesitz, die Rechte an einem Gebiet oder einen Sitz im Parlament geknüpft. Der **Baronet**-Titel kann, im Gegensatz zum Titel **Knight**, an einen erstgeborenen Sohn vererbt werden.